HINT

HINT

艾德格・愛倫・坡 著
李雅玲 譯

愛倫・坡短篇推理小說集

每一篇都是整個偵探文學的根源！

導讀

世界推理小說之父——艾德格・愛倫・坡

◎林斯諺／推理小說作家、東吳大學哲學系副教授

艾德格・愛倫・坡（Edgar Allan Poe，底下簡稱愛倫・坡）是美國詩人、恐怖小說家，也被公認為推理小說的鼻祖，推理作品計有五個短篇。縱然在愛倫・坡之前有一些作品具有推理小說的雛形，但愛倫・坡在一八四一年發表的〈莫爾格街凶殺案〉（The Murders in the Rue Morgue）完整地奠定了推

理小說的類型框架還有常見元素，因此常被稱為是世界上第一篇嚴格意義的推理小說。

〈莫爾格街凶殺案〉即使拿到今日來看，仍然是一部傑作。這篇小說描述某個夜晚在巴黎發生的一件雙屍命案——一對與世無爭的母女慘遭殺害，警方找不到動機（在很薄弱的證據下勉強逮捕一個嫌犯）、案發現場是個密室、凶手身分成謎。這個故事同時把「誰殺的」（whodunit）、「為何殺」（whydunit）、「如何殺」（howdunit）等經典謎團匯聚一堂，在一八四一年的時空底下，作者能有這麼奇巧的構思，令人佩服。

〈莫爾格街凶殺案〉令人讚賞之處不只於此。我們現在所熟知的「名偵探」（genius detective），便在本作登場。所謂的名偵探，除了智力異於常人，通常也都有些怪癖，也常會搭配一名助手。在早期的推理故事中，助手會充當名偵探事蹟的記錄者。說到這裡，讀者們可能立刻想到福爾摩斯與華生這對世界知名的探案搭檔，但愛倫・坡在一八四一年就已經寫出這樣的橋段了。

愛倫・坡筆筆下的神探奧古斯特・杜邦（C. Auguste Dupin）是一名推理能力過人的怪人。他與友人「我」（故事的敘事者）整日在陰暗的大宅邸中沉思、談話或寫作。杜邦對夜晚有深刻的迷戀，因此即使在白天也要營造夜晚的氣息，將百葉窗全部關上，只點著蠟燭，甚至連警方前來求助時都是在這樣的氛圍下談話。真正的夜晚降臨時，杜邦才與友人外出，漫步在夜巴黎。以上就是杜邦的怪癖，比起福爾摩斯會注射古柯鹼，杜邦的怪癖相當具有「詩性」（可能與愛倫・坡是詩人有關）。

福爾摩斯能夠從陌生來者的身上或遺落的物品推敲出對方的職業、去過什麼地方、生活習性，杜邦則能夠讀心。〈莫爾格街凶殺案〉的開頭，杜邦與友人在晚間散步，過程中有足足十五分鐘沒有交談，杜邦卻突然說出一句話，猜中友人心中所想，隨後以條理清晰的方式說明他如何推導出結論。後來福爾摩斯在〈硬紙盒探案〉（The Adventure of the Cardboard Box）中也曾模仿過類似的讀心推理。杜邦這段驚人的表演讓業餘天才偵探的形象就此確立，時至今日，推理作家們仍前仆後繼地想要創造出各式各樣的神探。

杜邦最終以科學理性偵破〈莫爾格街凶殺案〉，這也奠定推理小說基本的情節模式：案件發生→調查→解決。這一套可供複製的模式，成為我們現在熟知的推理小說之基本骨幹。同樣重要的是，解決方式必須要透過推理，而非超自然能力。

杜邦探案第二篇是一八四二年發表的〈瑪麗・羅傑奇案〉（The Mystery of Marie Rogêt），這篇有兩個特殊之處。第一，本作為實案改編，改編自一八四一年於紐約發生的瑪麗・羅傑斯（Mary Rogers）謀殺案，此案當年喧騰一時，後來調查無疾而終，成為懸案。實案改編是推理小說中常見的方式。例如早年紅極一時的美國作家范・達因（Van Dine）的《班森殺人事件》（*The Benson Murder Case*）、《金絲雀殺人事件》（*The Canary Murder Case*）都是改編自真實案件。然而，實案改編有程度上的差異。許多作者（如范・達因）只是將實案當成一個起點，進而羅織出更多虛構內容。但愛倫・坡除了將故事場景從紐約搬到巴黎外，就是以破解懸案為目標撰寫本作。也因此，杜邦依照「實際上」警方所查出的線索得出一個真正解決〈瑪麗・羅傑奇案〉的解答，而這解答也是瑪麗・羅傑斯謀殺案的可能解答。

第二，由於愛倫・坡意圖以虛構小說的方式破解真實懸案，以當時的時空背景而言，案件的素材便來自報紙。在故事中，杜邦也是透過各家報紙來推導真相，因此成為所謂的「安樂椅神探」（armchair detective）。這是指偵探不必出門查案，光聽人講述或查閱資料就能破案。有名的安樂椅神探諸如奧西茲女男爵（Baroness Orczy）的《角落裡的老人》（*The Old Man in the Corner*）以及雷克斯・史陶特（Rex Stout）的神探尼洛・沃爾夫（Nero Wolfe）系列。當代則有傑佛瑞・迪佛（Jeffery Deaver）的林肯・萊姆（Lincoln Rhyme）系列。

杜邦探案第三作是一八四四年十二月發表的〈失竊的信〉（The Purloined Letter），這也是杜邦系列最後一案。這次杜邦處理的是涉及政治風暴之機密文件失竊的案件。警察局長已知竊賊是某部長，用盡一切能力都無法在竊賊的住處找到文件，杜邦卻不費吹灰之力便發現文件藏匿之處。本作著眼於心理盲點的設計，也開創「物品失竊」的謎面，不論是福爾摩斯探案的〈海軍協約〉（The Adventure of the Naval Treaty）或亞森・羅蘋探案的《水晶瓶塞》（*Le Bouchon de cristal*）都脫離不了愛倫・坡的影子。

在〈瑪麗・羅傑奇案〉與〈失竊的信〉之間，愛倫・坡發表了兩部非系列推理作品，分別是一八四三年的〈金甲蟲〉（The Gold-Bug）以及一八四四年十一月的〈汝即真凶〉（Thou Art The Man）。這兩部作品都展現愛倫・坡在推理小說方面的突破性貢獻。

〈金甲蟲〉是一部解碼作品。密碼、暗文或謎樣的訊息一直是推理小說中常見的題材，丹・布朗（Dan Brown）的暢銷作品《達文西密碼》（*The Da Vinci Code*）便是當代關於密碼推理小說的最佳例證。福爾摩斯探案中有一篇〈小舞人探案〉（The Adventure of the Dancing Men）恐怕便是致敬〈金甲蟲〉。兩相比較之下，〈小舞人探案〉的情節設計更為突出，但在推理層面上並未超越〈金甲蟲〉。

〈汝即真凶〉是愛倫・坡僅有的五部推理小說中相當特別的一篇。這篇的設計很難在不洩漏關鍵情節的情況下介紹。本作雖然沒有杜邦登場，卻有一位非系列角色充當偵探，而全篇針對「偵探」做了特殊有趣的設計。在後世的許多推理小說中（包括漫畫影視作品，例如《名偵探柯南》），我們常常可以看見破案時偵探指著凶手，帥氣地說：「凶手就是你！」這個經典場景就源自於本作。但愛倫・坡不愧是恐怖小說大師，在本作中，這一幕是以恐怖的方式呈現，但讀畢全篇卻又會發現背後隱藏著機敏的智巧。

日本推理之父江戶川亂步曾寫過一篇長文討論愛倫・坡，認為他的五部推理小說除了奠定後世推理小說的框架，也幾乎窮盡了推理小說常見的重要詭計。從一八四一年至今，推理小說歷經許多變革，有些作品雖然一時流行，卻無法經過時間的淬鍊，成為真正的經典。然而，推理小說之父愛倫・坡的作品則不然，就如同他的許多恐怖小說與詩作，將近兩百年之後仍光芒不減。英國哲學家懷海德（Alfred North Whitehead）曾說過歐洲哲學是一系列對柏拉圖的註腳；也許我們也可以說，一八四五年後的推理小說也是一系列對愛倫・坡的註腳。

目次

神探杜邦探案系列①：

奠定推理小說

基本框架

1841

莫爾格街凶殺案

房間的前後兩扇窗戶均緊閉且從內部上鎖，兩個房間之間的門是關著的，但沒有上鎖。通往走廊的前房門則從內部反鎖，鑰匙留在了裡面。

「賽蓮唱的是什麼歌[1]，阿基里斯女扮男裝時叫的是什麼名字[2]，縱然這些問題都令人費解，也總能猜破。」

——托馬斯・布朗爵士

智力特質中所謂的分析能力，本質上幾乎不易被深入分析，我們只能透過它的成效來感受這種能力的存在。當一個人擁有或能展現出卓越的分析能力時，這種能力會為他帶來巨大的快樂和滿足感。就像一個體能出眾的人自豪於肌肉的力量，喜歡參與各種體育活動一樣，擅長分析的人則在解決棘手的問題、**釐清**錯綜複雜的道德困境中找到他們的榮耀和滿足，即使是最平凡無奇的任務，他們也能汲取樂趣。這樣的人熱愛挑戰謎題、難題和象形文字；他們在解開這些謎題時所展現的**聰明才智**，對於一般人來說似乎觸及超自然的境界。他們透過洞察方法的本質和精髓來解開謎題，其過程看似全憑直覺，卻又深刻精確。

解謎的才能很可能透過學習數學而顯著提升，尤其是透過學習數學的最高領域——其特點是從結果反推到原因的逆向思維，然而僅將這種思維稱為分析學似乎有失公允，好像分析是該領域所**獨有**的技能。舉個例子，一位下棋的棋手可以毫不費力地進行遊戲，無需深入分析棋局，這表示認為棋類遊戲能提高智力不過是一種誤解。我現在並非在撰寫論文，只是透過隨意的觀察展開一個特別的故事；因此，我要借此機會來斷言，看似簡單而不具浮誇特質的西洋跳棋，實際上在促進深層思維能力方面或許更有效。西洋棋以其**奇特**且多樣的移動方式而聞名，牽一髮動全身，但其複雜性常被誤解為深奧（這是常見的誤解）。在下西洋棋時需高度集中**注意力**，一時疏忽就可能導致劣勢或失敗，棋局中可能的移動選

譯註1 賽蓮是希臘神話中的海妖，她們以歌聲迷惑經過的水手，導致他們的船觸礁沉沒。最知名的故事出現在荷馬史詩《奧德賽》中，英雄奧德修斯為了避開賽蓮安全通過，命令水手塞住耳朵，他自己則被綁在桅杆上，這樣就能聽到賽蓮的歌聲而不會被吸引過去。

譯註2 為了不讓阿基里斯參與特洛伊戰爭，他的母親瑟提斯將他藏在斯基羅斯島的宮廷中，並且讓他假扮成女性，他在那裡化名為「皮裡亞斯」。

擇不僅繁多且錯綜複雜，因此犯錯的機會也隨之增加；在絕大多數情況下（約九成），贏得比賽的是更專注的棋手，而非那些思維更為敏銳的玩家。反之，在西洋跳棋中，由於移動方式**單一**且變化較少，一時疏忽的可能性相對減少，注意力也不需如此高度集中，任何一方獲得的優勢，仰賴的都是**聰明才智**。具體而言，讓我們設想一場西洋跳棋比賽，其中棋盤上僅剩四個國王作為棋子，在這種情況下，我們預計棋手不會犯任何疏忽，顯然在這樣的遊戲設定中，假設棋手的技巧相當，那麼勝利只能透過**獨具匠心**的棋步來實現，這需要倚賴非凡的智力。當分析者面對缺乏可用資源、工具或策略的情境時，他會深入洞悉對手的思考模式，設身處地去想像對方可能採取的策略，並且常常能一眼識破那些唯一能引導對方走入誤區（有時這些策略甚至顯得過於簡單）的方法，進而誘使對手做出匆忙且錯誤的決策。

長久以來，人們普遍認為惠斯特紙牌可以提高所謂的計算能力；且那些高智商的人似乎對這種牌戲擁有難以言喻的熱愛，同時他們對西洋棋抱有一定的輕蔑，認為它過於輕浮。毫無疑問，沒有其他活動能像惠斯特紙牌那樣有效地考驗一個人的分析能力。在基督教世界中，最優秀的西洋棋手**可能**僅是該領域的佼佼者；然而，擅長惠斯特紙牌的人則顯示出在所有智力競技活動中都擁有勝出的能力。我所指的擅長不僅是牌技高超，還包括對牌局的深刻洞察，以及理解所有可在遊戲中理智利用以獲取優勢的因素，這些因素不僅多樣，而且往往隱藏在普通人難以觸及的思維深處。善於集中注意力的西洋棋玩家在玩惠斯特紙牌時也每每表現出色，因為惠斯特紙牌的規則（這些規則建立在遊戲的基本機制上）清晰明確，易於理解，要求玩家具備出色的記憶力，並能按照這些「規則」進行遊戲，這些技能反映了一個玩家的遊戲水準。然而，超越遵循規則的範疇，分析者的真正能力才得以充分展現，他在靜默中進行大量的觀察和推理，或許其他隊友也做了同樣的事情；而兩者之間所獲得資訊範圍的差異，主要並不取決於推理的有效性，而在於觀察的品質，重點是知道自己觀察的目標是什麼。高段玩家的觀察力並不局限在牌局本身；他們也不會因為專注於牌局而忽視了牌局以外的事物，他們會仔細觀察隊友的臉部表情，將其與對手的表情進行比較，還會細心觀察其他玩家手中牌的組合和排序方式；常根據其他玩家看自己手中牌的方式來判斷他們可能持有的特殊牌，例如王牌和高分牌。隨著牌局的進展，他會留意每個人臉上表情的每一個細微變化，從中搜集思考的線索，包括篤定、驚訝、勝利或失望的表情差異。透過觀察玩家收取一輪贏得的牌，可以判斷出那個玩家是否能在同一花色中再贏一輪牌。他能從玩家把牌丟到桌上的方式中，辨別哪些是虛張聲勢出的牌。玩家不經意說出的話、一張牌的意外掉落或翻轉，可能暗示玩家感到焦慮或疏忽，因此沒有妥善保護自己的牌；其他玩家如何計算贏得的牌數和排列順序，他們的尷尬、猶豫、渴望或恐懼——這些都為觀察者提供了對實際局勢的線索，觀察者似乎憑藉直覺就能捕捉這些線索。在最初的兩三輪牌局之後，此人已經能夠完全掌握每位玩家手中的牌面，並能精準出牌，彷彿其他玩家都將自己的牌面亮給他看一般。

分析能力與豐富的創造力應該明確區分開來，儘管許多分析者擁有出色的創造力，但擁有創造力的人在分析方面卻常常表現出一定的不足。創造力通常透過建構力或組合能力展現，而骨相學家（雖然我並不完全認同他們的觀點）認為創造力是由大腦中的一個獨立器官控制，並將其視為一種原始能力。實際上，從那些智力上接近愚昧的人身上，我們常常可以觀察到這種建構力或組合能力的表現，這成為道德研究作家探討的一個有趣現象。創造力和分析能力之間的差異，遠大於幻想與想像力之間的差異，但這兩者的差異性質卻非常相似。實際上，你會發現那些具有創造力的人總是充滿了幻想，而**真正**具有想像力的人則在思維方式上以分析為主導。

針對上述提出的論點，我以接下來的故事為讀者提供解釋。

在十九世紀的某一年，從春暖花開至夏日的繁葉陰涼，我將自己留在巴黎這座城市，並認識了一位名叫C・奧古斯特・杜邦的先生，這位年輕紳士出身於一個優秀，甚至可說是顯赫的家族，但由於一連串不幸事件使他陷入貧困的境地，他原本充滿活力的性格也在困境中屈服。他不再參與社交生活，也不想改善自己的財富狀況。因為債權人對他的寬容，讓他保留一小部分遺產；憑藉這點收入以及極為節儉的生活方式，他得以滿足生活基本所需，但也別想購買奢侈品。事實上書本是他唯一的奢侈品，畢竟在巴黎購買書籍是一件相對容易的事情。

我們第一次相遇是在蒙馬特街上一家不起眼的圖書館，我們剛好都在找一本非常罕見的好書，這個機緣讓我們感覺更加投契。我們一次又一次相約見面，身為一個法國人，他在談論自己時總是自然坦率，他將自己的家族歷史對我娓娓道來，我也對此深感興趣，他的博學廣聞更是令我敬佩萬分；最重要的是，他狂野的熱情和生動的想像力在我內心點燃了火花。我在巴黎尋尋覓覓，終於遇見這樣一位知心好友，對我來說就像獲得了無價之寶；我也坦然向他表達心跡。隨後，我們安排一起居住，直至我在這個城市的停留結束；由於我的經濟狀況相對較好，足以負擔起房租和裝修開支，我們便以一種適合我們共同性格中某種奇特而陰暗的風格來裝飾我們的住所。我們找到一棟外觀怪異且年久失修的大宅，位於聖日耳曼郊區一個偏僻且荒涼的角落，建築本體看似搖搖欲墜，因為人們的迷信而長期荒廢，雖然我們並未深入探究背後的緣由。

如果外界知曉了我們在這棟大宅裡的生活方式，我們很可能會被視為瘋子——雖然是無害的那種。我們過著完全隱居的生活，不接待任何來客，並且絕不透露我們隱居的地點，甚至我的朋友們也對此一無所知；而杜邦已經隱居多年，外界幾乎沒有人知曉他的存在。對我們而言，彼此的存在就是我們唯一的世界。

我的朋友（我還能如何稱呼他呢？）對夜晚懷有一種非比尋常的迷戀，他鍾愛夜晚的深邃黑暗。我也默默地迎合他這**奇異的喜好**，就像順應他所有其他古怪想法一樣，我**任由**自己沉浸在他的狂野幻想之中。夜之女神不總是與我們同在；但我們可以假裝她的存在。每當黎明接近，我們便關閉古舊建築中所有凌亂的百葉窗，點燃一對散發著香氣的蠟燭，其微弱而陰森的光芒照亮著我們的空間。我們就在這樣的氛圍中沉浸於夢境之中——閱讀、寫作或對話，直到時鐘提醒我們真正的黑夜即將降臨。然後我們會攜手走上街頭，延續白日的話題，或者徘徊至深夜，尋求在繁華都市的光影交錯中，那由靜觀所帶來的無盡心靈激蕩。

在這些時刻，我不禁對杜邦獨特的分析能力感到驚嘆和敬佩（儘管從他豐富的想像力中，我已能預見他在這方面的才能），他似乎也非常享受於運用這種能力——即便他很少表現出來——同時他也毫不掩飾自己從中得到的樂趣。他經常低聲笑著向我誇耀，聲稱自己能洞悉大多數人的內心，並習慣以直接且令人震驚的方式來證明他對我了解有多深。在這些時刻，他的態度會變得冷漠而疏離；眼神變得空洞，面無表情；平時那富有韻律的男高音會變得尖銳，幾乎達到女高音的高度，若不是發音依然精確清晰，聽起來幾乎有些無禮。觀察他在這些情緒下的行為，常讓我思考古老哲學中所提及的雙面人格，同時幻想杜邦擁有創造性與解決性的雙重人格。

請別誤以為我是在描述某種神祕故事，或者撰寫浪漫小說。我對這位法國人的描述，不過是反映出他在激動或某種思維異常時的狀態。但是要進一步傳達和說明他在特定時刻言論的性質或特點，最好還是透過實際的例子來傳達和說明。

有一夜，我們在帕萊羅亞附近一道骯髒的長街上散步，似乎沉浸在各自的思緒之中，至少有十五分鐘沒有交談，突然間杜邦開口說道：

「他的個頭確實很小，比較適合在**綜藝劇院**演出。」

「這點毋庸置疑，」我不假思索回答道。剛開始並沒有注意到他方才說的話竟然與我腦中的默想不謀而合（因為我仍深陷在自己的思緒之中），過了一會兒回過神來，我才深感驚訝。

「杜邦，」我嚴肅地說，「這超出我的理解範圍，我真的被你嚇到了，我還以為自己的感官出現了幻覺，你怎麼可能知道我在想什——？」我停頓一下，想確定他是否真的知道我腦中想的人是誰。

「——尚蒂伊，」他說，「你為何要停頓？你當時在內心對自己說他的身形矮小，不適合演出悲劇角色。」

這正是我腦中所想。尚蒂伊是聖丹尼街上一個**昔日**曾當過皮鞋匠的人，他迷戀上舞台，試圖在克雷必倫的悲劇《薛西斯》中飾演薛西斯**一角**，為此受到大眾的嘲笑與譏諷。

「請告訴我，拜託，」我驚呼道，「究竟是什麼方法——如果真有這樣的方法——讓你能夠洞悉我的心思。」其實我遠比表現出來的還要驚訝。

「是因為那個賣水果的，」我的朋友回答道，「讓你認定鞋匠的身高不夠，沒辦法演出薛西斯這**一類**高大的角色。」

「賣水果的！——你真的嚇到我了——我不認識什麼賣水果的。」

「就是我們走進這條街道時不小心撞到你的那個人——大概是十五分鐘前的事。」

我現在記起來了，確實有一個賣水果的人頭頂著一大籃蘋果，當我們從C街走到剛剛站著的那條街道時，他不小心把我撞倒；但這和尚蒂伊有何關聯，我實在無法理解。

在杜邦身上找不到絲毫誇耀欺騙的痕跡。「我會解釋給你聽，」他說，「為了讓你完全理解，我們首先要回溯你的整個思考過程，從我對你說話那一刻到**撞**

見那個水果小販為止，整個思考過程的主要環節如下——尚蒂伊、獵戶座、尼可拉斯博士、伊比鳩魯、立體測量學、街道上的石頭、水果小販。」

大部分的人在生命中的某個時刻，都會停下來回顧自己的思考過程，了解自己是如何得出某個結論或觀點，這項活動通常充滿樂趣；第一次嘗試這樣做的人，會因思考的起點和終點之間看似存在無限的距離和不連貫性而感到驚奇。那麼您應該可以想像，當我聽到這位法國人所言，且不得不承認他的描述符合真實情況時，該有多麼驚訝了。他繼續說道：

「如果我沒記錯的話，離開C街之前，我們才聊過馬的話題，這是我們討論的最後一個話題，然後我們穿越街道走到這條街上，有一個頭頂著大籃子的水果小販急匆匆地從我們身旁經過，不慎把你撞倒，讓你跌在一堆石頭上，那些是用來修路的鋪路石，你走在一塊鬆掉的石頭上滑了一跤，輕微扭傷了腳踝，顯得有些煩躁或惱怒，嘴裡嘟囔了幾句，回頭看了看那堆石頭後默默繼續往前走。我並未特別留意你的行為；但觀察對我來說已成為一種必要的習慣。」

「你的視線在路面上徘徊，臉上不耐煩地瞥了一眼人行道上的坑洞（這讓我知道你還在想那些石頭），直到我們來到那條名為拉馬丁的小巷。那裡的石頭鋪設帶有一種實驗性質，石塊是重疊排列且相互銜接的。當走到這裡，你的臉色一亮，我看見你的嘴唇在動，我肯定你在喃喃地說「切石術（stereotomy）」這個詞，這詞是用來形容某種鋪路方式，顯得有些矯揉造作，我知道當你想到「切石術」這個詞時，無可避免會聯想到「原子（atomies）」，進而想到伊比鳩魯的理論。考慮到我們不久前剛討論過這個主題，我提到這位偉大的希臘哲學家某些初步的假設或論點，如何在近代的星雲和宇宙形成理論中得到證實，但這一點卻未引起大眾的關注。我想當你思及此處，一定會不自覺地抬頭望向獵戶座中的大**星雲**。我期待你會這樣做，而你確實抬頭看了天空，這個動作讓我確定我已完全跟上你的思路。然而，《博物館》雜誌昨天對尚蒂伊那篇尖酸刻薄的批評文章中，作者在嘲笑這位鞋匠改名並穿上舞台用的高筒靴時，引用了一句拉丁文。我們經常聊起這句話：

Perdidit antiquum litera prima sonum.[3]

（第一個字母已失去它古老的發音。）

「我曾告訴你，這句話與獵戶座有關，因為獵戶座（Orion）在過去常寫作Urion。這個聯想會使你想起那個敏感的事件，我知道你不會忘記，因此顯然你不會忘記將獵戶座和尚蒂伊這兩件事連結起來。從掠過你嘴唇的那抹微笑中，我看出你確實把這兩件事聯想在一起，想到了那位可憐鞋匠的不幸遭遇。你走路時一直低著頭，彎著腰，但現在我看到你突然挺直了身體，顯得更高了，所以我確定你正想著尚蒂伊那矮小的身材。正是在這時，我打斷了你的沉思，指出一個

譯註3 這句話象徵語言和意義的變遷，杜邦利用這句拉丁語作為線索，展示他的推理是如何透過對過去的了解來解讀現在的情境。

個頭很小的人——那位尚蒂伊——其實可能更適合在**綜藝劇院**演出。」

不久之後，我們正在翻閱《法庭公報》晚報，下面這則報導吸引了我們的注意。

「**發生驚人謀殺案**。——今晨約三時，一連串恐怖的尖叫聲驚醒了聖洛克區的居民，聲音似乎自莫格爾街一棟房屋的四樓傳來，據知四樓僅有拉斯帕內夫人和女兒卡蜜兒・拉斯帕內小姐居住。居民嘗試用尋常的方法進入屋內但沒有成功後，他們耽擱了一些時間，最終用一根撬棍破壞大門，大約有八到十名鄰居在兩名**憲兵**的陪同下進入屋內。此時尖叫聲已經停止；但這隊人馬衝上第一段樓梯時可以辨認出有兩個人或更多粗啞的聲音在激烈爭吵，聲音似乎來自高樓層，等他們走到第二層樓梯平台時，這些聲音也隨之止息，一切又恢復成徹底的寧靜。他們將隊伍分散開來，一個一個房間快速搜尋。當他們來到四樓一間大後室時，（這扇門上鎖了，鑰匙留在門內，因此他們只好把門撬開，破門而入，）眼前的景象讓在場每一個人都驚恐顫慄。

「公寓內亂象橫生，家具破碎，四處散亂，只見一具床架，床墊卻被搬離，棄置在地板中央。一張椅子上放著一把剃刀，刀身上沾滿血跡。壁爐旁散落著厚厚兩三綹灰白的人髮，同樣沾染了血跡，看似是從頭皮上硬扯下來。在地板上發現了四枚拿破崙金幣，一隻黃玉耳環，三根大型銀匙及三根較小的金屬阿爾及爾湯匙，以及兩個袋子，裡面裝有約四千法郎的黃金。角落裡有個櫃子，抽屜全被打開，看似被洗劫一空，儘管裡頭仍留有許多物品。**床下**（不是床架下）發現了一個小型的鐵製保險箱，保險箱開著，鑰匙還插在保險箱門上，裡面除了一些舊信件和其他無甚重要的文件外，再無其他內容。

「在這裡並未發現拉斯帕內夫人的蹤跡；但在壁爐裡找到異常大量的煤炭灰，於是眾人到煙囪中搜尋，（可怕的是！）從中拖出女兒的屍體，她的頭部朝下，顯然是被強行塞進狹窄的煙囪口並推行了相當遠的距離。屍體還有餘溫，仔細檢查後發現了許多擦傷，無疑是因為屍體被猛力推入又拖出所造成的，臉上有許多嚴重的抓痕，喉嚨上則有深色瘀傷並留下很深的指甲印，死者似乎是遭人掐死。

「搜查隊伍針對房子每一處進行徹底搜查，未有進一步發現，於是眾人來到建築後方一座小型鋪石院子，在那裡發現老婦人的屍體。她的喉嚨有很深的刀傷，人們要將屍體抬起時，因為傷口太深導致頭顱直接脫落，可怕的是，屍體和頭顱均遭到毀損——屍體幾乎無法辨認出人類的樣貌。

「據信這個恐怖的謎案，目前還找不到絲毫線索。」

隔日報紙上刊載了更多詳情。

「**莫格爾街凶殺案**。——針對這起特殊且恐怖的事件，有許多人接受調查」（『事件〔affaire〕』一詞在英語中的含義較為輕佻，在法國語境中的意義則較為嚴肅），「到目前為止，沒有任何新的發展或證據能夠讓這起事件撥雲見日，我們在下方列出所有重要證詞。

「證人**寶琳·杜伯格**，洗衣女工，聲稱她認識這兩位死者已有三年，主要為她們洗衣服。老婦人和女兒的關係似乎很好——彼此間非常親密。她們付錢大方，但她對這對母女的生活方式或維持生計的方式無法發表任何意見。據信拉斯帕內夫人靠算命維生，據說有存款。每當她去取衣服或送回洗好的衣服時，從未在屋內遇過其他人，她們顯然沒有僱請僕人。建築的所有部分似乎都沒有家具，除了四樓以外。

「證人**皮耶．莫羅**，菸草商人，他表示自己向拉斯帕內夫人銷售少量的菸草和鼻煙已近四年。他在附近出生，一直居住在此地，死者和女兒在發現屍體的那棟房子裡居住已經六年有餘。這棟房子之前住了一名珠寶商，此人又將上層房間分租給幾位租客。這棟房子是拉斯帕內夫人的財產，她對租客當二房東的行徑感到十分不滿，於是收回房屋自住，不再出租任何一層樓，老夫人行為可謂幼稚。證人在這六年間見過她女兒大約五、六次，母女兩人過著與世隔絕的生活——所有人都認為她是有錢人。他從鄰居間聽說拉斯帕內夫人會算命——但他不相信，除了老夫人和她女兒，他從未見過任何人走進那扇門，除了偶爾見過一兩次搬運工，醫生也見過八到十次。

「許多鄰居也做出類似的證詞，沒有人經常出入這棟房子，他們不知道拉斯帕內夫人和她女兒是否有任何在世的親屬。前窗的百葉窗很少打開，後方的窗戶總是關上，四樓的大後室除外。這棟房子的狀態不錯——並非年久失修。

「證人**伊西多．穆塞**，憲兵，他描述自己在凌晨三點左右被叫到這棟房屋，發現有二十到三十人在大門口試圖進入屋內，經過一番努力，他最後用刺刀——不是撬棍——強行打開了門，由於這是一扇雙扇或折疊式的大門，底部和頂部都沒有上鎖，所以很容易就打開了。原本尖叫聲一直持續，大門被強行打開後卻突然停止，似乎是某個（或某些）人承受了極大的痛苦，因而發出了尖叫——聲音響亮而延續，而非短促而急迫。證人帶頭上樓，走到第一個樓梯平台時聽見有兩個聲音正在大聲且憤怒地爭吵——一個人的聲音低沉，另一人的聲音則尖銳許多——是一種很奇怪的聲音，他能辨別出前者說了一些話，是個法國人的聲音，確定不是女人的聲音，還能聽出『**該死**』和『**魔鬼**』這兩個詞。另一個尖銳的聲音則屬於一個外國人，無法確定是男性還是女性，雖然聽不懂他們在說什麼，但聽起來是西班牙語。這位證人對房間和屍體狀態的陳述與我們昨天描述的一致。

「證人**亨利・杜瓦爾**，銀匠，也是鄰居，他表示自己是最先進入屋內的其中一人，大體上證實了穆塞的證詞。眾人強行進入後立即關上門，目的是隔絕外面迅速聚集的人群，儘管當時已是深夜。這位證人認為那個尖銳的聲音是個義大利人，他確定那不是法語，但無法確定是否是男性的聲音，也可能屬於女性。他不懂義大利語，因此無法分辨具體的詞句，但從語調上他確定說話者是義大利人。他認識拉斯帕內夫人和她女兒，且經常與她們談話，所以他確定那個尖銳的聲音不屬於任一位死者。

「——**奧登海默**，餐館老闆，這位證人是自願提供證詞，他不會說法語，因此透過翻譯進行審訊。他來自阿姆斯特丹，屋裡傳出尖叫聲時恰好行經那棟房子，尖叫聲持續了幾分鐘——可能有十分鐘，聲音很大且拖得很長——非常恐怖駭人。他是進入那棟房屋的其中一人，證實了上述所有證詞，除了一點以外：他確定那個尖銳的聲音屬於男性——是一名法國人的聲音，無法分辨他說了什麼話，那聲音響亮且急促——語調不平均——顯然包含了恐懼和憤怒的情緒，聲音粗啞——不是尖銳而是嘶啞，他用低沉的聲音一再重複『**該死**』、『**魔鬼**』，還說了一次『**我的天啊**』。

「證人**朱爾斯．米諾**，銀行家，他開設了德羅蘭街上的米諾父子銀行，屬於米諾家族的父輩。拉斯帕內夫人有些財產，曾在（八年前）的春天在他的銀行開了一個帳戶，之後頻繁存入小額款項，她去世前三天親自提走了四千法郎，這筆錢以金幣提領，由一名職員陪同她將錢取回家。

「證人**阿道夫．勒邦**，米諾父子銀行的職員。他表示當天中午左右，他將四千法郎分裝在兩個袋子裡，陪同拉斯帕內夫人回到她的住處。大門打開時拉斯帕內小姐現身，從他手中接過其中一個袋子，老太太則接過另一個袋子，接著他便鞠躬告辭。當時他在街上沒有看到其他人，這是一條僻靜的小街。

「證人**威廉．伯德**，裁縫，他表示他是進入屋內的其中一人，他是一名英國人，在巴黎住了兩年，是最早上樓的幾個人之一。他聽見爭吵的聲音，粗啞的聲音屬於一個法國人，他能夠辨認出幾個詞，但現在已經記不住全部，他也清楚聽見了『**該死**』和『**我的天啊**』。當時傳來好幾個人打鬥的聲音——一種摩擦和掙扎的聲音，那個尖銳的聲音非常大聲——比粗啞的聲音還要大聲，可以確定不是英國人發出的聲音，似乎是德國人，可能是女聲，他不懂德語。

「四名證人再次被傳喚作證，他們一致聲稱，抵達現場時發現找到拉斯帕內小姐屍體的房間門是從內部上鎖，且周圍一片靜寂，未聽見呻吟或其他聲音。當他們強行打開門後，並未發現任何人。房間的前後兩扇窗戶均緊閉且從內部上鎖，兩個房間之間的門是關著的，但沒有上鎖。通往走廊的前房門則從內部反鎖，鑰匙留在了裡面。房子前方四樓通往屋頂的一個小房間門半開著，隨風擺動，這個房間裡堆滿了舊床、箱子等物品，這些物品都經過仔細檢查過。整棟房子的每一個角落都經過詳細搜查，掃煙囪的工人在煙囪內外進行了仔細的搜尋。這是一棟四層高的房子，還有一個閣樓。屋頂上有一個活動門，被牢牢地釘住，似乎已經多年未曾打開過。不同證人對於他們聽到爭吵聲的時間和隨後打開房間門的時間點提供了不一致的陳述，有的說只有三分鐘，有的則說長達五分鐘，那扇門證實很難打開。

「證人**阿方索．加西奧**，殯葬師，他表示自己住在摩格街，是西班牙人，也是進入屋內的其中一人，但沒有上樓，因為他是個容易感到焦慮不安的人，他害怕情緒過度激動會造成不良的影響。他表示粗啞的聲音是一名法國人，雖無法辨認他說了什麼，但那尖銳的聲音是一名英國人——他對此非常篤定，雖然他不懂英語，但他是根據語調來判斷。

「證人**艾伯托．蒙塔尼**，糕點師，他表示自己是第一批上樓的其中一人，他也聽見那些爭吵的聲音。粗啞的聲音是一名法國人，他能辨認出話中的幾個詞，那個人似乎在抗議什麼，但他無法聽出那尖銳的聲音具體上說了些什麼，那個人說話快速，語調不均，他認為是個俄國人，他的說法證實了其他人的陳述。他本身是義大利人，從未與俄羅斯人交談過。

「數名證人再度被傳喚作證，他們表示四樓所有房間的煙囪都過於狹窄，不可能有人通過。所謂的『煙囪管家』指的是一種圓筒形的掃煙刷，這種刷子是用於清掃煙囪的工具，工人們使用這些刷子從上到下清掃了房子的每一道煙囪，以此證明在眾人上樓時，不可能有人爬進這些狹窄的煙囪中後降落並逃離現場。拉斯帕內小姐的屍體緊緊卡在煙囪裡，要四、五個人合力才能把屍體移下。

「證人**保羅．杜馬斯**，醫生。他表示自己在破曉時分被傳去驗屍，當時兩具屍體都在發現拉斯帕內小姐屍體的房間裡，擺在床架的麻袋上。這名年輕女性的遺體上有許多瘀傷和擦傷，屍體遭人塞進煙囪足以解釋這些外傷，她的喉嚨有嚴重擦傷，下巴下方有幾道深深的抓痕，還有一排青紫色的斑點，顯然是指印。臉部呈現可怕的顏色，眼球突出，舌頭部分被咬斷，胃窩處發現一大塊瘀傷，顯然是膝蓋壓迫所造成。就杜馬斯醫生的看法，拉斯帕內小姐是被一位或多位凶手勒斃。她母親的屍體同樣慘不忍睹，右腿和手臂的骨頭多少有些許破碎，左脛骨嚴重碎裂，左側所有肋骨亦然。全身都有嚴重瘀傷且變色，具體傷害的原因難以確定，如果由一位非常強壯的男子揮舞大型沉重的鈍器，例如粗大的木棍或一大塊鐵條，甚至是一把椅子——有可能造成這樣的傷害，但女性使用任何武器都不可能造成這樣的損傷。在那驚悚的一刻，目擊者所見，死者的頭部已與軀體完全分離且殘破不堪，喉嚨明顯被某種極其鋒利的武器所割傷——很可能是剃刀。

「外科醫生**亞歷山大・艾蒂安**一同被召來，會同杜馬斯先生驗屍，他也證實了杜馬斯先生的證詞和觀點。

「儘管警方還審問了其他幾位證人，但並未揭露進一步的重要證據。這起案件成為巴黎前所未有、神祕莫測且令人費解的謀殺案——如果這確實是一起謀殺案。警方在這類案件中通常會有所行動，但這次卻似乎完全無從下手，似乎沒有任何線索可以追尋。」

晚報指出，聖羅克區仍舊處於嚴重的動蕩之中——案發地點已經再次仔細搜索，證人也重新接受了審問，但一切努力都宣告白費，然而有一條附加新聞提到，阿道夫・勒邦已經被逮捕並拘留——儘管除了先前詳細描述的事實之外，並無其他證據指向他。

杜邦對這個案件的發展似乎格外感興趣——至少從他的態度上可以這麼判

斷，他在敘述過程中沒有發表任何評論，直到宣布勒邦被拘留的消息後，他才問我對這起謀殺案的看法。

我只能像全巴黎一樣，認為這起謀殺案是個無解之謎，我看不出有任何方法能追查到凶手。

「我們不應該僅從表面的調查來判斷警方的辦案手段。」杜邦說，「巴黎警方被譽為聰明，但其實只是狡猾而已，他們的辦案方式，只是基於眼前的情況走一步算一步，缺乏一種持久且有條理的調查策略。他們表面上採取了許多措施，但這些措施往往與他們設定的目標完全不符，這讓我們聯想到蒙西奧・約旦要求拿他的**長袍**——只是為了想要**好好聆聽音樂**[4]。他們的調查有時能夠取得出人意

譯註4 這個短語出自莫里哀（Molière）的戲劇 *Le Bourgeois Gentilhomme*，劇中 Monsieur Jourdain 是一個富有的市民，他希望自己能夠表現得像個紳士一樣，但他對紳士的行為和禮儀知之甚少。在一場音樂表演中，他感到音樂非常美妙，於是要來他的長袍，儘管長袍對於聽音樂沒有實際作用，這個情節用來表現他的愚蠢和對社交禮儀的誤解。

料的成果，但大多是透過簡單的勤奮和積極態度達成的。當這樣的態度無法奏效時，他們的策略就會失敗。比如，維多克[5]就是一位善於猜測且堅持不懈的人，但由於缺乏深思熟慮，他在調查中經常出錯。因為他的方法過於激進，距離目標太近，缺乏一個更宏觀的視野。他或許能清楚觀察到一兩個細節，但這樣做往往會忽略全局。因此過度深入的思考有時反而不是好事，真相並不總是深藏於井底，事實上更重要的知識或真理往往是顯而易見的，真理隱藏在山谷中，而非遙不可及的山頂。這種錯誤的模式和來源與觀察天體的原則非常相似。當我們側視觀察星星——利用**視網膜**的外部（對微弱光線更敏感）來觀看時，就能更清晰地看見星星，這也是欣賞星光的最佳方式。然而，當我們**直接**凝視星星時，星星的光輝反而會變得黯淡。在後者的情況下，眼睛實際上接收到更多光線，但前者的方法則能更深入理解我們所觀察的事物。過度深入的思考會讓思維變得複雜而困惑；如果我們過度持續、集中或直接地觀察一件事物，可能會導致星星從天空中消失。

「關於謀殺案，我們在形成看法之前，應該自己進行一番調查，這項調查將給我們帶來許多樂趣，」（我覺得這用詞有些奇怪，但沒有說出口）「此外也因為勒邦曾幫助過我，我對他心存感激。我們去現場看看吧，我認識警察局長G，獲得必要的許可不成問題。」

我們很快就獲得了許可，隨即前往位於黎塞留街和聖羅克街之間的莫爾格街，這是一條破舊而昏暗的街道，我們抵達時已是傍晚，因為那裡離我們居住的地方相當遠。找到那棟房子並不困難，因為街上仍有許多人漫無目的地凝視著一棟關閉著百葉窗的建築。這是一棟普通的巴黎住宅，一側有一個門道，旁邊是一個裝有滑動窗格的玻璃看守亭，表示那裡是**門房**的辦公室。進入建築前我們沿街走了一段路，然後拐進一條小巷，再繞到建築的後方——在此過程中，杜邦仔細觀察了周圍的環境和建築，但我未能察覺出他的具體目的或目標。

譯註5 Eugène François Vidocq，法國罪犯，之後成為巴黎警方的祕密線人，並成為國家警察設立於巴黎地區的犯罪搜查局初代局長，之後成為世界上第一位偵探。

我們沿著原路回到住宅前，按鈴並出示了我們的身分證明，負責的警察便讓我們進入。我們上了樓，來到拉斯帕內小姐遺體被發現的房間，兩位死者仍然躺在原處，房間保留案發時的雜亂狀態。我在現場並未觀察到《法庭公報》上未報導的任何資訊，杜邦則仔細進行了調查——甚至不放過受害者的遺體。隨後我們又查看了其他房間和院子，全程有一位**憲兵**陪同。這次調查一直持續到天黑我們才離開，在回家的路上，我的同伴在一家日報的辦公室停留了片刻。

我說過我的朋友經常有一些突發奇想，而我對此也只能遷就，就像「Je les ménageais」[6]這句話——英語沒有完全相應的表達方式。他突然拒絕討論謀殺案的話題，直到第二天中午才突然問我在謀殺現場是否觀察到任何特別的證據。

他強調「特別」這個詞的方式，不知何故讓我感到一陣寒意。「沒有，沒什麼特別的，」我說，「都是報紙上提到的，沒有更多了。」

「《公報》」，他回答，「恐怕沒有深入這個案件的不尋常和恐怖之中，但別理會這家報紙的無聊觀點。在我看來，外界之所以覺得這個案子難以偵破，正是因為它極端和異常的性質——但這恰恰是破案的關鍵。警方被看似缺乏動機的事實所迷惑——不是謀殺行為本身的動機——而是殘忍程度的動機。他們也對聽到的爭吵聲和現場情況的矛盾感到困惑：除了被害者拉斯帕內小姐之外，沒有其他人在現場，且似乎沒有人能在不被發現的情況下逃離。房間處於極端混亂的狀態；屍體頭朝下塞入煙囪；以及老婦人身體的慘烈肢解；這些情況，加上其他我未提及的因素，已足以使警方陷入癱瘓，他們自認為的聰明在這些情況下完全失效。他們犯了一個常見但低級的錯誤，將異常與深奧混為一談，但正是這些偏離常規的異常情況，讓理性在尋找真相時更容易找到方向，我們在當下的調查中，不僅要問『發生了什麼事』，更應該問『發生了什麼前所未有的事』。事實上，他們愈覺得案件難以偵破，我就愈覺得有可能找到答案。」

我目瞪口呆盯著他，心中感到驚愕不已。

譯註6 這句話表示說話者謹慎處理或應對某人的心情、行為或怪癖。

「我在守株待兔，」他繼續說，目光盯著我們公寓的門，「我在等一個人，他可能不是屠殺的直接執行者，但他肯定與這些罪行有所牽連。對於其中最殘忍的罪行，他很可能沒有參與，我希望這個假設是對的；因為這將是解開整個謎團的關鍵。我期待那個人出現在這個房間裡，隨時都可能。他可能不會來；但他來的可能性更大。如果他來了，我們得留住他。這裡有一把槍；我們都知道在需要時如何使用它。」

我接過槍，不知道自己在做什麼，也不敢相信自己所聽到的。杜邦繼續說話，幾乎像是在自言自語。我之前提到過，他在這種時刻總是呈現一種抽離的態度，他的話雖然是對我說的，聲音不大，卻帶有一種對遠處某人說話的語調，空洞的眼神只是凝視著牆壁。

「樓梯上人們聽到的爭吵聲，」杜邦說道，「並非來自被害者，這一點已有充分證據證明。這消除了所有老婦人可能先殺害女兒然後自殺的疑慮。我主要是從方法論的角度來討論這一點，因為單靠拉斯帕內夫人的力氣，不可能將她女兒的屍體推進煙囪，正如後來屍體被發現的那樣，而且她自己身上的傷口性質也完全排除了自殺的可能性。所以這起謀殺一定是由某個第三方所犯，而這個第三方的聲音就是人們聽到的爭吵聲。我想將注意力集中在證詞中的某些特殊之處，而非整體證詞的所有內容。你有注意到證詞中有什麼**特殊之處**嗎？」

我提到，雖然所有證人都同意那個粗啞的聲音屬於一名法國人，但對於那個尖銳的聲音（其中一位證人形容為粗啞），卻存在很大的分歧。

「那是一個關鍵的證據，」杜邦說，「但不是證據的特殊之處。你沒有發現任何特殊的地方，然而這部分確實值得我們深入觀察。正如你所說，對於粗啞的聲音，證人們意見一致。但對於那個尖銳的聲音，其特殊之處不在於證人意見的不一致，而在於當義大利人、英國人、西班牙人、荷蘭人和法國人試圖描述這個聲音時，每個人都說那是**外國人**的聲音，每個人都確定那不是自己國家人的聲音。他們並非將這個聲音比作他們熟悉的某個語言的國家，而是恰恰相反。法國人認為那是西班牙人的聲音，並說『**如果他懂西班牙語，或許能辨別出一些詞**

彙。』荷蘭人堅稱那是法國人的聲音，但我們發現『**他不會說法語，所以透過翻譯進行審訊。**』英國人認為那是德國人的聲音，但他『**不懂德語。**』西班牙人『確定』那是英國人的聲音，但『**因為他不懂英語**』，所以只能根據語調來判斷。義大利人認為那是俄羅斯人的聲音，但『**從未與俄羅斯人交談過。**』

「另一位法國人則與第一位意見不同，堅信那是義大利人的聲音；但由於**不懂這個語言**，所以他像西班牙人一樣是『**根據語調來判斷。**』這個聲音究竟有多麼奇異，多麼特殊，竟然**能**引發諸多證詞！——那語調竟讓歐洲五大區的人都無法辨識出任何語句！你可能會說那可能是亞洲或非洲人的聲音，但在巴黎，亞洲人和非洲人都不多；這是一個可能的推論，但我現在只希望你注意到三個重點。首先，一位證人稱那個聲音『不是尖銳而是嘶啞』。其次，另外兩個證人表示那個聲音『急促且語調不平均』。最後，沒有任何證人提到那個聲音當中包含任何可辨識的詞語——更不用說類似詞語的聲音了。」

「我不確定，」杜邦接著說，「到目前為止，我對你的想法留下什麼樣的印象；但我可以毫不猶豫地告訴你，即使僅憑目前所掌握的證詞的一部分，我們也能做出合理的推斷——我指的是關於嘶啞和尖銳聲音的那部分——憑藉目前的資訊，即使僅有這些，已足以引起一種懷疑，這種懷疑應能為解開整個謎團提供方向。所謂『合理的推斷』，意思是**唯一**正確的推斷，而從這些推斷中**無可避免**產生了一個疑點，這是根據目前證據所能得出唯一合理的結論。至於這疑點是什麼，我現在還不想說，我只是希望你記住，對我來說，這個疑點足夠有力，足以為犯罪現場的推理帶來明確的調查形式和思考的方向。

「我們試著想像自己置身犯罪現場。首先，我們要尋找什麼？凶手逃離現場的方式。我們都不相信超自然事件，拉斯帕內母女並非遭到鬼魂謀殺，凶手是有實體的，並以物理方式逃脫。那麼他究竟是如何逃脫的呢？幸運的是，分析案件只有一種推理方式，這種方式**必將**引導我們做出明確的推論。我們來逐一檢視所有可能的逃脫途徑，顯然凶手一定是在發現拉斯帕內小姐屍體的房間裡，或者在那群人上樓時在隔壁房間，因此，我們只需從這兩個房間找出逃脫的途徑。警方調查這起案件時已經仔細檢查了現場的地板、天花板和牆壁的結構，沒有任何**祕密**通道能逃過他們的法眼，但我不完全信任**警方的**調查，我自己也檢查過，確認沒有祕密通道。通往走廊的兩扇門都牢牢鎖上，鑰匙在裡面。接下來我們要確認的是煙囪，這些煙囪在壁爐上方約八到十英尺處雖然是普通寬度，但在整個高度範圍內都不足以讓一隻大型貓通過。既然上述所有可能的逃脫出口都不可行，唯一可疑的只剩窗戶了，前方窗戶不可能，因為逃跑時會被街上的人群看到，所以凶手一定是從後方房間的窗戶逃脫。現在我們已經得出明確的結論，儘管逃脫方式看似不可能，但身為推理者，我們的任務就是證明這些『不可能』實際上可能發生。」

「那個房間裡有兩扇窗，其中一扇未被家具遮擋，可以一覽無遺；另一扇窗的下半部卻被擺放得很靠近的笨重床頭擋住了。第一扇窗戶是從內部牢牢鎖上，即使用盡全力也無法打開，在窗框左側有一個大鑽孔，其中插著一根粗大的釘子，幾乎完全釘死。我檢查另一扇窗時，發現了一根類似的釘子以相同方式固定；似乎有人嘗試用力提起這扇窗戶，同樣也以失敗告終。警方據此斷定凶手不可能從這些窗戶逃脫，**因此**，他們認為拔掉釘子並打開窗戶是徒勞之舉。

「然而，我對這些窗戶的檢查更為徹底，我這麼做是因為方才提到的原因——因為我知道，所有看似不可能的事情都必須被證明在現實中其實是可能的。

「於是我**根據結果來推斷原因**。我確定凶手是從其中一扇窗戶逃脫的，既然如此，他不可能在逃脫後從內部重新鎖上窗戶，因為我們看到窗扇時是鎖上的；這個明顯的事實使警方停止朝這個方向深入追查，但窗扇**當時**確實是鎖上的，那麼這窗戶**必然**有某種自動上鎖的機制，這是唯一能夠得出的結論。我親自檢查了那扇未被遮擋的窗戶，費了些力氣拔出釘子並嘗試提起窗扇，如我所料，窗戶打不開。我現在知道必然存在一個隱藏的彈簧，因為窗扇即使在拔掉釘子之後也無法打開，只要找到隱藏的彈簧，即能證實我的推斷，使我確定自己一開始的假設是正確的；但釘子存在的具體原因和目的仍是個謎。我仔細搜索後找到這個隱藏的彈簧，按下彈簧後我對自己的發現感到滿意，就沒有繼續嘗試把窗扇打開。

「我將那顆釘子放回原位並仔細觀察，如果有人從這扇窗戶逃脫並重新關上窗子，彈簧裝置會讓窗戶自動關閉並上鎖——但那顆釘子不可能自動回到原位。這個結論十分明確，同時也縮小了我的調查範圍，兇手**必定**是從另一扇窗戶逃脫。如果我合理假設每扇窗戶上的彈簧機制都相同，那麼就**必須**在釘子本身或者釘子的固定方式上找到差異點。於是我爬到床架的麻袋上，詳細檢查第二扇窗戶上方，伸手至床頭板後方，很快就找到另一個隱藏的彈簧。我按下彈簧，正如我所料，這個彈簧與旁邊那個機制相同。我觀察這扇窗戶上的釘子，發現這個釘子和另一扇窗的釘子一樣粗，看似以相同的方式固定在窗戶上——幾乎完全釘死。

「你可能覺得我卡在這個環節想不通了；但如果你這麼認為，你一定誤解了我推理過程的本質。用打獵的術語來形容的話，『我沒有迷失方向，沒有失去獵物的蹤跡』，我沒有一刻追丟獵物的氣味，整起調查環環相扣，沒有一個環節有瑕疵，我已經看到這起謎案的終極真相——就是那顆**釘子**。這個釘子看似在各方面都與另一扇窗的釘子一模一樣；這個線索似乎是一個重大的發現，但與偵破案件真正的線索相比，這個線索其實無足輕重（儘管看起來非常重要）。『這釘子一定有什麼古怪，』我說，於是我去觸摸這根釘子；一摸，釘子頭部和大約一英寸的釘桿就從我手指間脫落，釘桿的其餘部分則斷在鑽孔處，這個斷口是舊的（因為邊緣已經生鏽），顯然是被錘子敲斷，這一敲使釘子頭部的一部分嵌入下方窗框的頂部。我小心翼翼將釘子的頭部放回我拿出來的凹處，重新組裝後，這顆釘子看起來與完好的釘子無異——斷裂的部分也不再可見。我按下彈簧，輕輕地將窗框拉起幾英寸；釘子的頭部也隨之上升，保持在原位，我關上窗戶，回到原位的釘子看起來完整無缺。

「謎團至此已經解開，凶手是從窗戶逃脫，這扇窗戶面對著床，他逃出時窗戶自動關上（或者是故意關上），然後被彈簧固定住；這窗戶是自動關閉的，而警方卻以為是釘子將窗戶從內部固定，所以認為沒有必要進一步追查。

「下一個疑點是逃逸方式，我之前曾繞著整棟建築物走過，考察凶手可能的逃逸途徑。距離窗戶底部約五英尺半處有一根避雷針，從避雷針到窗戶的距離對任何人來說都太遠，無法直接接觸窗戶，更別提進入窗內了。然而我觀察到四樓的百葉窗採用了一種特殊的設計，巴黎的木匠稱之為『ferrades』，現今已經很少使用這種窗式，但在里昂和波爾多一些古老建築還經常可見，這種窗戶的形狀類似一般的門（單扇門，而非折疊門），只是下半部是格子狀或開放的格子結構，這種窗戶提供了良好的抓握點。這棟屋的百葉窗寬度為三英尺半，從後方看去，這些百葉窗都是半開的，與牆壁呈直角。警方可能像我一樣檢查過房屋後面，如果他們確實檢查過，那麼他們在觀察這些百葉窗的寬度時（警方一定有這樣做），並沒有察覺到窗戶很寬，或者至少沒有充分考量到寬度的因素。事實上，警方一旦確定窗戶不可能有逃逸的可能性，自然在觀察窗戶時會流於大意，但這一點對我來說非常明顯，床頭窗戶上那個百葉窗如果完全向牆壁摺疊，就會接近避雷針到大約兩英尺的距離。顯然如果有人具備超乎常人的敏捷和勇氣，即可以靠這根避雷針侵入窗戶（假設百葉窗完全打開），闖入者伸手兩英尺半的距離就可以牢牢抓住格柵結構，然後放開避雷針，將腳穩穩靠在牆上，然後大膽地從牆上面跳起，用力擺動讓百葉窗關上，如果假設那扇窗在當時處於開啟狀態，甚至可以單靠擺動百葉窗，就讓自己進入房間內。

「我希望你特別留意一點，我剛剛提到過，要成功完成如此危險且困難的壯舉，需要非比尋常的敏捷度。我有兩個目的，首先是要證明真的有人完成了這個任務：其次，也是最重要的，我希望讓你明白，想要完成此一壯舉需要的能力**非比尋常**，幾乎達到超自然的程度。

「你或許會認為，根據法律的用詞，我在『證明我的案件』時，可能會選擇低估完成這項任務所需的敏捷度，而非堅持全面評估或強調其必要性。這在法律領域或許司空見慣，但並不符合理性思維。我的唯一目標是追求真相，我當前的目標是引導你將我方才提到那種**非比尋常**的敏捷度，和那**非常特殊**、尖銳（或嘶啞）且**語調不平均**的聲音進行對比，那到底是哪個國家的人所發出的聲音，證人間毫無共識，甚至無法分辨出說話者音節的分隔。」

聽著他的陳述，我開始模糊地領悟杜邦的意圖，彷彿我正站在理解的邊緣，卻無法完全掌握，就像人們有時會感到自己處在記憶的邊緣，但最終卻無法記起。我的朋友繼續說下去。

「你看的出來吧，」他說，「我已將討論的重點從逃脫方式轉移到進入房間的方式，我的目的是要傳達一個概念，即進出和逃逸是用同一種方式，且在同一個地點進行。我們不妨將焦點轉回房間內部，檢視一下這裡的情況。據說櫥櫃的抽屜被人翻過，雖然許多衣物仍留在抽屜裡。這個結論荒謬無理，純粹只是猜測罷了——而且是非常愚蠢的猜測，我們怎麼知道抽屜裡不是本來就只有這些物品呢？拉斯帕內夫人和她女兒過著與世隔絕的生活——離群索居——很少外出——不會有頻繁更換衣物的需求，在抽屜裡發現的衣物符合她們的生活水準，如果真的有人闖空門，偷走她們的物品，為什麼不拿最好的——或者為什麼不全拿走呢？重點是他為什麼不偷價值四千法郎的金幣，反而要去拿這些亞麻衣物？金幣**沒**拿走，銀行家米諾先生提到的金額全留在原地，這些錢裝在袋子裡，放在地板上。警方根據證據，推斷這起案件的犯案動機與在門口交付的金錢有關，我希望你從思維中排除這個**動機**，這是錯誤推斷，這樣的巧合（交付金錢，且在交付後三天內，接收方遭到謀殺）實際上在我們每個人的生活中每小時都可能發生，但通常不會特別注意到。一般來說，巧合通常對那些沒有接受過機率論教育的思考者來說是一個重大障礙，許多人類研究領域中最重要和最卓越的成就，都仰賴機率論進行解釋。在當前的案例中，若金幣遭竊，那麼金幣三日前的交付便不再僅是一個平常的巧合，反倒成為了一個指向犯罪動機的有力證據。但此案的真實情況下，如果我們假設金幣是殘忍謀殺的動機，我們還必須想像凶手是一個猶豫不決的笨蛋，因為他沒拿走金幣，等於放棄了自己的犯案動機。

「請牢記我提到的那些重點——那個特殊的聲音、非比尋常的敏捷度，還有這是一件如此奇特且殘暴的謀殺案，卻找不到任何犯案動機——我們來檢視這起謀殺案的本質，凶手徒手勒死了一名女性，頭朝下將她塞進煙囪，普通的凶手不會使用這樣的謀殺手法，尤其不會以這種方式處理謀殺後的屍體，你必須承認，屍體塞進煙囪的方式**極端怪異**——與我們通常對人類行為的理解完全不符，即使我們假設凶手是泯滅人性的邪惡之徒。同時也請試想，要將受害者的屍體如此用力塞入一個狹小的開口，需要耗費多大的力氣，居然需要出動好幾個人合力，才能勉強將屍體拖**下**！

「好，現在我們將重點轉向其他跡證，證明凶手擁有驚人的力量。他們在壁爐旁發現厚厚一綹灰白的人髮——非常厚一綹，這些頭髮是從髮根撕扯出來。你知道，即使只是撕扯出二十或三十根頭髮，也需要極大的力量，你和我都看到這些頭髮，頭髮的根部（這景象太恐怖！）黏附著頭皮肉塊的碎片——這是用可怕蠻力將頭髮扯下的確鑿證據，力量大到一次可以拔起無數根頭髮。老太太的喉嚨不僅被割破，頭顱也被割斷，身首異處：而作案工具卻不過是一把普通的剃刀，我希望你也能注意到這些行為有多麼**殘忍**野蠻。至於拉斯帕內夫人身上的瘀傷我就不多說了，杜馬斯先生和他值得尊敬的助手艾蒂安先生已經斷定，這些瘀傷是由某種鈍器造成；這兩位紳士針對這點的推斷非常正確，那鈍器顯然就是院子裡的石頭地面，受害者從床後面的那扇窗戶跌落地面。這樣一個看似簡單的推理，警方之所以未能洞悉真相，原因竟與他們對一個微小細節的忽視不謀而合——那就是百葉窗的寬度，正如他們對一枚普通釘子視而不見，他們的思維被固有的框架所限，根本不可能想到窗戶曾打開過的可能性。

「如果除了這一切跡證之外，你還仔細思考過房間奇特的混亂狀態，我們就可以將這些想法結合起來：驚人的敏捷度、超乎常人的力量、殘忍野蠻的犯案手法、無動機的屠殺、完全超乎人類的**怪異反常**，以及一種對許多國家的人來說都很陌生的聲音，完全缺乏清晰或可理解的發音。結論是什麼？我所描述的線索對你的想像產生什麼樣的印象或反應？」

杜邦問我這個問題時我全身發麻。「是一個瘋子幹的，」我說，「某個發狂的瘋子，從附近**精神病院**逃出來的。」

「就某些方面，」他回答道，「你的想法不無道理，但即使是瘋人處於最瘋狂的發作時期，他們的聲音也不可能與樓梯上聽到的那個特殊聲音相符合，瘋子也有國籍和語言，即使語無倫次仍會保有音節的連貫性。此外，我手中拿的這撮毛髮並不是瘋子的頭髮，我鬆開拉斯帕內夫人緊握的指間，找到了這一小撮毛髮。告訴我，你對此能夠做出什麼解釋？」

「杜邦！」我完全失去了鎮定，「這毛髮前所未見——不是**人類**的頭髮。」

「我沒有斷言它是，」他說，「但在我們判定之前，我希望你看一下我在這張紙上畫的小草圖，這是一幅仿真圖，畫中描繪的是證詞中關於拉斯帕內小姐的描述，包括『喉嚨上有深色瘀傷，並留下很深的指甲印』，另一部分（根據杜馬斯和艾蒂安先生的證詞）則是『一排青紫色的斑點，顯然是指印。』

「你可以觀察到，」我的朋友繼續說，同時在我們面前的桌子上展開紙張，「從這張圖看，你會推測案發時凶手的手抓得很牢很緊，沒有手指滑動的痕跡，每個指印都顯示從一開始直到受害者死亡，手指可能一直掐得牢牢的。現在請嘗試將你的所有手指，放在圖畫描繪的指印上。」

我嘗試了，但徒勞無功。

「這麼做可能不夠精準，」他說，「紙張鋪在平面上；但人類的喉嚨是圓柱形的，這裡有一塊木頭，其的周長大約與人的喉嚨相當，把這張圖包在木頭上再試一次。」

我照做了；但這次明顯更加困難。「這，」我說，「不是人類手掌留下的指印。」

「現在請閱讀，」杜邦回答，「居維葉[7]的這段文字。」

這是一段對東印度群島大型紅毛猩猩的詳盡解剖和描述，這種哺乳動物以其龐大的身軀、驚人的力量和活力聞名，同時牠們那野性的凶猛和模仿人類行為的傾向也廣為人知。我立刻理解這起謀殺案的全部謎團。

「這些指印，」我在閱讀完畢後說道，「與這張圖完全符合，我看到除了這裡提到的紅毛猩猩，沒有其他動物能留下你描繪的這些指印，這撮黃褐色的毛髮也與居維葉描述的動物毛髮性質一致，但我還無法完全理解這個可怕謎團的

譯註7 Baron Jean Léopold Nicolas Frédéric Cuvier，法國博物學家、比較解剖學家與動物學家，也被稱為「古生物學之父」。

具體細節。此外，在爭執過程中證人聽到**兩種**聲音，其中一個毫無疑問是法國人的聲音。」

「沒錯；你記得幾乎所有證詞都一致指向這個聲音說了一句話——『**我的天啊！**』在當時的情況下，有一位證人（糕點商蒙塔尼）將這句話合理解釋為表達一種抗議或勸阻，因此我主要是根據這句證詞來解開整起謎團。有一個法國人知道這起謀殺發生了，他可能——事實上非常有可能——沒有參與這場血腥案件，猩猩可能是從他手中逃脫，他可能追蹤猩猩到了案發現場那個房間；但在隨後發生的激烈情況下，他無法把猩猩抓回，因此猩猩可能仍然在逃。我不打算繼續根據這個猜測進行推理——因為那僅止於猜測——這些猜測仰賴的思考還不夠深入，連我自己的理智都難以完全接受，更別提讓別人理解了，我們就姑且將這個想法稱之為猜測，並將之當成猜測來探討吧。如果我懷疑的那名法國人確實如我所假設是無辜受累，那麼我昨晚回家途中在《世界報》（一家關心航運業，非常受水手歡迎的報紙）辦公室留下的一則廣告，將會引他前來拜訪。」

他遞給我一份報紙，內容如下：

> 於本月某日清晨（即謀殺案發生之日）在布洛涅森林捕獲了一隻非常大型、黃褐色的婆羅洲猩猩。猩猩的主人（確定是一艘馬爾他船隻上的水手）如果能指認這隻猩猩，並支付捕獲和飼養產生的一些費用，即可將猩猩領回。請前往聖日耳曼郊區某街某號三樓。

「怎麼可能，」我問道，「你怎會知道那個人是水手，而且在一艘馬爾他船隻上面工作？」

「我**並**不知道，」杜邦說，「我也不**確定**，但這裡有一小段絲帶，從形狀和油膩的外觀來看，顯然是用來綁水手非常喜歡的長髮辮，此外這個結除了水手之外很少有人會打，且是馬爾他人獨有。我在避雷針底下撿到這條絲帶，這條絲帶不可能屬於任何一位死者，即使根據這截絲帶進行的推理（即那位法國人是馬爾他船隻上的水手）乃是誤判，廣告的內容也無傷大雅，如果我判斷錯誤，那個案發現場的法國人只會認為我被某些情況所誤導，不會費心去追究。但如果我的判斷正確，這就代表重大的進展，儘管那名法國人對案件知情，但他並非共犯，所以他看到尋找猩猩主人的廣告時——自然會感到猶豫，他會想：『我沒有犯案；我很窮；我的猩猩對我這種處境的人來說非常有價值——猩猩本身就代表了一大筆財富——我為何要因無謂的恐懼而失去牠？這隻猩猩我勢在必得，人們是在布洛涅森林找到猩猩——這個地點距離謀殺現場非常遙遠，怎麼可能有誰會懷疑是一隻野獸犯下了罪行？警方已經迷失了辦案方向——他們沒有找到絲毫線索，即使他們追蹤到猩猩，也不可能證明我對謀殺案知情，或因知情而牽連有罪。最重要的是**我已經被指名**，刊登廣告的人指出我是那隻猩猩的主人，我不確定那個人知道多少內情，但如果我不去領回我明知價值不菲的財產，即使在最好的情況下也會讓這隻動物受到懷疑，同時吸引他人對我或那隻猩猩的注意，這並非明智之舉，我得回應這則廣告，領回猩猩，在這個案件平息之前保持低調。』」

就在此時，我們聽見有人走上樓梯的聲音。

「槍準備好，」杜邦說，「但我給你信號之前，不要用槍也不要亮槍。」

房子的前門沒有關上，所以訪客沒有按門鈴便逕自走了進來，他在樓梯上走了幾步，但似乎猶豫一下，不久我們聽到他下樓。杜邦快步走向門口，此時我們又聽到他走上樓的聲音，他沒有再次反悔，而是堅定地踏上樓梯並敲了我們房間的門。

「請進。」杜邦用愉快熱情的口氣說。

一個男人走了進來，他顯然是個水手——高大健壯且肌肉發達，臉上帶著一抹大膽無畏的表情，並不惹人討厭。他的臉曬得很黑，大半張臉都被鬍子和**八字鬍**遮蓋。他帶著一根巨大的橡木棍，但看似沒有攜帶其他武器，他笨拙地鞠躬，用法國口音向我們道了聲「晚安」，雖然帶有些許紐沙特口音，但仍明顯是巴黎人。

「坐下，我的朋友，」杜邦說，「我猜你是來問猩猩的事，老實說我幾乎要羨慕起你來了，可以擁有這樣一隻美麗的動物，無疑是價值不菲，你猜牠幾歲了？」

水手深吸了一口氣，彷彿卸下無法承擔的重擔，他自信地回答：「我無法確定——但不超過四、五歲，你們把牠養在這裡嗎？」

「噢，不，養在這裡不方便，猩猩現在養在杜布爾街附近一處馬廄裡，你明早可以把牠領走，你一定準備好要指認你養的猩猩了吧？」

「當然了，先生。」

「我會很捨不得這隻猩猩的，」杜邦說。

「我不想讓您白忙一場，先生，」那人說，「不會如此，我非常願意為找到猩猩支付一筆報酬——我意思是合理範圍內的報酬。」

「嗯，」我的朋友回答，「當然，這很公平。讓我想想！——我應該得到什麼報酬？噢！我告訴你，我想要的報酬是你要把關於莫爾格街凶殺案的所知所聞全都告訴我。」

杜邦以非常低沉平靜的語氣說完這句話，以同樣平靜的態度走向門口，鎖上門並將鑰匙放入口袋，然後他從胸前掏出一把槍，不慌不忙地放在桌上。

水手的面色通紅，彷彿窒息前的掙扎，他跳起身抓住他的棍棒，但下一刻又跌回座位上劇烈地顫抖，面如死灰一般。他一句話也說不出來，我打從心底同情他。

「我的朋友，」杜邦用親切的語氣說，「你無需如此驚慌——真的，我們無意對你造成任何傷害，我以紳士和法國人的榮譽向你保證，我們不打算傷害你。我非常清楚莫爾格街凶殺案與你無關，然而你也無法否認自己在某程度上與此案有所牽連。根據我方才所說，你應該意識到我已經掌握這起案件的資訊來源——而這些資訊來源是你無法想像。根據我的了解，你沒有犯下那些本來應該可以避免的罪行——也沒有做出過失之舉，即使你知道可以趁機行竊，你也沒有這麼做。你沒有什麼需要隱瞞的，也沒有理由隱瞞，所以相對地，你必須根據榮譽原則坦白你所知的一切，因為現在有一個無辜的人遭到關押，警方指控他犯下那起罪行，而只有你可以指認出凶手。」

杜邦說這些話的時候，水手大致恢復了冷靜，但他原來的果敢態度已經消失無蹤。

「我向上帝發誓！」他在短暫的沉默後說道，「我會告訴你我對此案所知的一切；但我不指望你相信我所說的——如果我覺得你會相信我，那我就是個傻瓜，但我是無辜的，我願意坦白一切，即使這樣做可能讓我付出生命的代價。」

他的陳述大致如下。他最近前往印度群島航行，他所屬的小組登陸了婆羅洲並深入內陸進行了一次愉快的探險，他和一位同伴捕獲了那隻猩猩。這位同伴去世後，這隻動物完全歸他所有，回程的航行途中他麻煩不斷，起因正是這隻難以馴服的凶猛動物，他最終將牠妥善安置在巴黎的住處，為了不引起鄰居不懷好意的好奇，他謹慎地藏匿這隻猩猩，細心照料牠在船上被碎片割傷的腳部，最終的計畫是賣掉這隻猩猩。

謀殺案發生的那天夜裡，或者說清晨，他從一場水手的歡樂聚會返家，發現那隻動物佔據了他的臥室，本來這隻野獸安全關在一座緊鄰臥室的壁櫥內，沒想到卻破門而出。牠手持剃刀，臉上抹滿刮鬍泡，坐在鏡子前正試圖刮鬍子，顯然之前曾透過壁櫥的鑰匙孔觀察過主人這麼做。這名男子看到這麼危險的武器落在如此凶猛且手巧的動物手中，一時間不知所措，他過去習慣用鞭子安撫這個生物，即使在牠最狂暴的時候也是如此，於是他決定當下也如法泡製。猩猩一看到鞭子立刻從房間的門跳躍而出，跑下樓梯，然後不幸穿過一扇開啟的窗戶逃到街上。

那個法國人絕望地追著猩猩；猩猩手裡仍然握著那把剃刀，偶爾還停下來回頭看，並對追逐牠的人做出手勢，直到追趕者幾乎要追上牠，牠又敏捷逃脫，他們就這樣追逐了很長一段時間。街道非常安靜，因為當時已經快要凌晨三點。當他們穿越莫爾格街後面的一條小巷時，猩猩的注意力被拉斯帕內夫人房間窗戶透出的光芒所吸引，她的房間位於那棟房子的四樓。猩猩於是衝向那棟建築，憑藉難以置信的敏捷度爬上避雷針，然後抓住完全開啟又推向牆壁的百葉窗，藉此直接跳到床頭板上，完成整串動作不到一分鐘，猩猩進入房間時又踢開了百葉窗。

水手此時感到既欣慰又糾結，他相信現在很有希望能捉回那隻野獸，因為牠幾乎不可能從牠冒險闖入的陷阱逃脫，除非沿著避雷針爬下，他就可以從那裡攔截牠。另一方面，他又很害怕牠可能在屋內做出什麼事，這個想法促使他繼續追逐猩猩。身為一名水手，爬上避雷針並非難事；但當他爬到與窗戶同高時，由於窗戶位於他的左側且距離較遠，所以無法再繼續前進；他最多只能伸手過去，這樣做可以讓他瞥見房間內部的情況。看了這一眼，他差點因為驚嚇過度而從抓握處跌落。就在此時，可怕的尖叫聲劃破了夜空，驚醒了莫爾格街的居民，當時拉斯帕內夫人和她的女兒穿著睡衣，顯然正在整理上述提及那個鐵箱中的一些文件，這個鐵箱推到房間中央，箱子打開，內容物散落在地板上，兩位受害者必定是背對窗戶坐著；從野獸進入房間到發出尖叫聲的時間間隔推測，受害者並沒有馬上發現猩猩，她們可能以為是風吹，百葉窗才會突然關上。

水手往裡頭看時，那隻巨大的動物正抓住拉斯帕內夫人的頭髮（她的頭髮披散下來，因為她剛梳過頭），並在她臉上揮舞著剃刀，想要模仿理髮師的動作，女兒則躺在地上一動也不動，她已經昏厥過去。老太太的尖叫和掙扎（在此過程中頭髮被扯落）將猩猩原本單純的出發點轉為憤怒，牠用力一揮強壯的手臂，差點將她的頭顱從身體上割下，鮮血的視覺刺激讓牠的怒火演變為瘋狂，猩猩咬牙切齒，眼中射出火光，撲向女孩，用可怕的手爪深深掐住她的喉嚨，緊掐著不放直到她斷氣。此時，牠游離且狂野的目光落在床頭，剛好隱約能看見主人因驚恐而僵硬的表情，猩猩顯然還記得那可怕的鞭子，一瞬間憤怒轉化為恐懼，牠意識到自己注定受到懲罰，似乎想要掩蓋自己血腥的犯行，同時在房間內痛苦且神經質地蹦跳；在移動時摔壞又打破家具，並將床從床架上拖了下來。最後牠先抓起女兒的屍體塞進煙囪，就像屍體最後被發現的那樣；然後立即將老太太的屍體從窗戶扔了出去。

當那隻猿猴緊抓著那具殘缺的屍體，搖搖晃晃地接近窗戶時，那位水手驚恐萬分，他不是爬下去，幾乎是沿著避雷針滑下。他急忙趕回家——害怕承擔謀殺案的罪責，因為驚慌失措，他對那隻猩猩的去向已不再掛心。那些在樓梯上的人所聽到的聲音，無疑是那位法國人因極度恐慌而發出的尖叫，與那隻猩猩惡魔般的咆哮聲交織在一起。

至於剩下的細節，已無需我再補充。那隻猩猩肯定是在群眾破門而入之前，透過避雷針逃離了房間，逃脫時牠還將窗戶關上了。這隻猩猩後來被其主人捕獲，並在**巴黎植物園**以高價出售。我們向警察局長解釋整個經過後（杜邦還加諸了一些評論），勒邦立即被釋放了。這位警察雖對我朋友表現出一定的友好，但仍掩飾不住對案件結局的失望，忍不住諷刺了一番，大意是任何人都不應該多管閒事。

「讓他去說吧，」杜邦淡然地回應，他認為無需陷入爭辯之中，「就讓他隨心所欲地高談闊論；這樣他至少能夠安心，畢竟我在他的地盤上取得了勝利，這已經足夠了。他無法解開這個謎團其實不足為奇，沒什麼好驚訝的，因為實際上，我們的警察局長太過於狡猾，缺乏深入事物本質的能力。他的智慧沒有核心，徒有表面而缺乏**內在實質**，就像拉維爾納女神[8]一樣，只有頭部而沒有身體的形象——或者說，最多也不過像一條鱈魚，只有頭和肩膀是顯眼的，別無其他。但他畢竟是個好人，我特別欣賞他那些巧言令色的虛偽言辭，他正是透過這種方式來展現自己的小聰明，我指的是他『否認事實，靠解釋虛構案情來彰顯自己聰明才智』[9]的辦案風格。」

譯註8 古羅馬神話中的女神，一位與詐欺、祕密行為、欺騙和詭計有關的神祇。

譯註9 原文：de nier ce qui est, et d'expliquer ce qui n'est pas，引自盧梭的作品《新愛洛伊斯》（*Nouvelle Héloïse*）。

神探杜邦探案系列②：

實案改編，一切線索都來自眞實世界

1842 ——

瑪麗・羅傑奇案①

莫格爾街凶殺案續集

這種細節的相似性大大增強了屍體與瑪麗之間的連結，使得對屍體身分的任何懷疑都顯得無理，甚至可能被視爲瘋狂或虛僞的行爲。

理想與現實是兩條平行線，鮮少完全一致。人和環境通常會改變理想的走向，使其不完美，其後果也同樣不完美。因此，在宗教改革時代，新教教派的出現並不如預期，而是出現了路德宗。

——諾瓦利斯[1]②，《道德觀點》

即便是最冷靜的思想家，在面對那些意外發生的驚人巧合時，也難免內心波瀾起伏。這些巧合如此匪夷所思，若僅以巧合解釋，往往難以令理智完全接受。當人們遭遇這樣的驚人巧合時，情感常常會處於半信半疑之中，這種情緒往往超越了理性的思辨。這種態度通常難以消散，除非透過偶然性原則的考量，或者深入的概率計算。概率計算這門純粹的數學學科，竟然被用來探索那些抽象而晦澀的思辨性問題，諸如超自然現象或人類心靈的深奧之處。

現在，我即將揭露一些極為特殊的細節，這些細節是一連串複雜且難以解釋巧合事件的核心，這些事件按照時間順序排列，形成了一個極為重要的事件序列。此外，這些事件的次要或最終部分對每位讀者而言都應該極為熟悉，因為它們牽涉到最近在紐約發生的瑪莉・塞西莉亞・羅傑斯謀殺案。

大約一年前，在一篇題為〈莫爾格街凶殺案〉的文章中，我竭力描述了我朋友夏維耶・C・奧古斯特・杜邦心靈特質中的一些極為明顯之處。當時，我無法預見我會再次涉及這個主題。在詮釋杜邦的性格時，我已經透過一連串狂野而不尋常的案例，充分呈現出他獨特的性格特質。儘管我本可以提供更多例證，但這將並不會增加事實的可信度。然而，最近發生的一些意外事件令我深感震驚。這些事件的發展迫使我深入挖掘更多細節，而這些細節似乎呼喚著我，促使我不得不揭示真相，宛如內在的召喚。考慮到我最近所聞的一些情報，如果我繼續保持沉默，那將會被視為極其異常的行為。

在拉斯帕內夫人及她女兒的悲劇性事件落幕後，夏維耶立刻將此事拋諸腦

譯註1 Georg Philipp Friedrich Freiherr von Hardenberg，德國浪漫主義詩人、作家、哲學家。

後，重新投入他習以為常的深思之中。我自己亦容易陷入深深的沉思之中，因此自然而然融入了他的情感世界。我們持續居住在聖日耳曼郊區的公寓，將未來交給風吹過，安然地沉浸在當下，將我們周遭單調的世界編織成夢境。

但這些夢境並非完全不受干擾，可以想見，我的朋友夏維耶・C・奧古斯特・杜邦在莫爾格街凶殺案的經歷中，為巴黎的警方帶來了深遠的影響。杜邦的名字如今已深植在巴黎警察局及其相關人員的心中，成為家喻戶曉的詞彙。他的簡潔推理曾一次又一次地解開謎團，而他從未對警察局長或任何人詳加解釋過。這種謎團的解開被視為一種奇蹟，不過，夏維耶的分析能力卻因此贏得了眾多的讚譽，並賦予他一種類似直覺分析能力的美譽。要是他願意坦誠說明，或許能瓦解一些對他的偏見，然而出於他那懶散的性格，他不願意再討論這些對他來說已經失去興趣的話題，結果卻發現他已成為政治領域或政治相關人士極度關切的焦點，不僅如此，警方也在多個案件試圖延請他提供協助。

在這些案件中，最引人注目的主角是一位年輕女孩，她的名字是瑪麗・羅傑。這起案件發生在莫爾格街凶殺案後大約兩年，瑪麗的名字帶有某種特殊的共鳴，因為此案與那位不幸的「雪茄女孩」有著驚人的相似之處[2]。瑪麗是寡婦艾斯特・羅傑的獨生女，她的父親早逝，從父親過世一直到這起謀殺案發生前的十八個月間，母女倆一直居住在聖安德烈巷的帕韋街；③羅傑夫人經營一家小客棧，而瑪麗則在客棧中幫忙，這種安穩的生活一直持續，直到瑪麗二十二歲那年。

瑪麗的美貌吸引了一名香水商的注意，那人在皇家宮殿地下室開店，主要客戶是那一區的不法之徒，這位香水商名叫勒布朗先生④，他深知瑪麗的魅力將為他的店鋪帶來不少助益，因此向她提出來店裡工作的邀請。儘管羅傑夫人對此有

譯註2 Mary Cecilia Roger，是一名美國謀殺案受害者，她的案件引起了全國的轟動。羅傑斯是一位著名的美女，曾在紐約一家煙草店工作，吸引了許多男子的目光。

些猶豫，但瑪麗卻迅速且積極地答應了這個提議。

店主的期望沒有落空，因為他的店鋪很快因這位活潑女員工的魅力而聲名大噪，然而，瑪麗在那工作了大約一年後，她的仰慕者們對她突然失蹤感到困惑，而勒布朗先生無法解釋她為何沒來上班，羅傑夫人也因此感到焦慮和恐慌。報紙迅速報導了此一事件，警方開始進行嚴正的調查。然而在一週後的美好早晨，瑪麗卻憂心忡忡地再次現身在香水店的櫃台前。儘管私人性質的調查繼續進行，但所有公開的調查都全部喊停，勒布朗先生照例聲稱自己毫不知情，而瑪麗和羅傑夫人也如實回答了所有問題，她聲稱上週跑去鄉下拜訪一位親戚，這個說法平息了事件，人們也逐漸淡忘。為了擺脫好奇心的騷擾，瑪麗不久後辭去在香水店的工作，返回她母親位於聖安德烈巷帕韋街的家中尋求庇護。

然而約五個月後，瑪麗卻再次失蹤，讓她的朋友們大感驚慌。三天過去了，仍然沒有她的消息。到了第四天，人們發現她的屍體漂浮在塞納河上⑤，位於聖安德烈巷街對岸的河岸，離魯勒關口的隱蔽街區不遠。⑥

這起謀殺案的殘忍程度（一看就知道是一起謀殺案）加上受害者的年輕美貌，尤其是她生前的知名度，讓巴黎市民極度震驚。這可能是巴黎有史以來最引人關切且極具影響力的案件之一。警方採取了超乎常規的舉措，動用了所有可用的資源來偵辦這起案件。

民眾普遍認為凶手不可能從長期的調查逍遙法外，但一週過去了，還是找不到任何線索，此時他們才認為有必要進行懸賞。然而即使提供了一千法郎的懸賞，情況也未能有所進展。到了第十天，民眾認為有必要將懸賞金加倍。最終在第二週結束時，仍然沒有找到任何線索，巴黎市民對警方開始產生偏見，因而爆發了嚴重的抗議活動。警察局長決定提高懸賞金額至兩萬法郎，用以「定凶手之罪」，就算案件有多名共犯，也可用於「定任何一位凶手之罪」。此外，懸賞公告上附有市民委員會的私人告示，提供額外的一萬法郎獎金，使總懸賞金額達到三萬法郎，基於這位女孩卑微的出身和城市中頻繁發生的暴行事件，這筆獎金可謂高額非凡。

沒有人懷疑這起謀殺案的謎團馬上就會解開，儘管一度逮捕了一些看似具有線索價值的人，但最終未能找到任何關於嫌犯的證據；這些人隨即被釋放。奇怪的是自從發現屍體以來，已經過去三週，卻沒有出現任何進展。謠言和揣測並未傳入杜邦和我的耳中，這起曾震驚整個巴黎的案件，突然之間成了一片寂靜。我們兩人全神貫注地研究這起案件，已經有近一個月沒有外出、接待訪客或閱讀主要政治文章了。G先生親自帶來關於這起謀殺案的最新消息，他在某個七月的星期五下午拜訪我們，一直留到深夜。他滿腹憂慮，因為無法查出凶手而感到極度懊惱，他以巴黎特有的風格表達對自己名譽受損的擔憂，甚至連他的榮譽也受到了連累，大眾的目光都集中在他身上；他願意為解開謎團而做出任何犧牲，他以一種相當滑稽的語氣做出結論，表揚了杜邦的聰明才智（他樂意承認他的聰明才智），然後向他提出了一個慷慨的提議，具體內容我不便透露，但這與我所描述的內容無關。

我的朋友盡力迴避了恭維，但立刻接受了這個提議，雖然這提議看似有利，但優勢卻是暫時性的。警察局長確定他接受提議後，立即展開了解釋，詳述了他的觀點，並對證據進行了詳盡的分析；但其實我們尚未完全掌握證據。他開始長篇大論，在談話中表現出廣博的知識和深入的見解；而我則在夜晚逐漸昏昏欲睡之際提出了一些建議。杜邦一直坐在他習慣的扶手椅上，對對方的陳述表示極大的尊重和專注，談話過程中他一直戴著綠色的眼鏡；偶爾透過綠色眼鏡側目一瞥，這點足以讓我確信儘管他保持沉默，但在警察局長離開前的七、八個小時裡，依然睡得很熟。

清晨我前往警局，謹慎地索取了與此案所有證據的詳盡報告，然後我徘徊於各大報社，搜羅關於這起悲劇案件的報導，排除所有已被證實的誤報，只保留那些至關重要的片段。案情如下所述：

在六月二十二日的星期日早晨，瑪麗・羅傑於九點左右離開了她母親位於聖安德烈巷帕韋街的住處，當她踏出門時，唯一告知的人是一位名叫雅克

・聖歐斯塔奇⑦的紳士，她告訴他，她計畫前往德羅姆街，拜訪住在那裡的姨媽。德羅姆街是一條狹窄而人流繁忙的街道，距離河岸不遠，從羅傑夫人的小客棧到那裡約有兩英里的直線距離。聖歐斯塔奇是瑪麗的未婚夫，他不僅住在客棧中，還在那裡用餐，他原本計畫在傍晚時分前去接她，然後陪伴她返回家中，但下午突降大雨，讓他誤以為瑪麗會像過去遇到類似情況時一樣在姨媽家過夜，因此認為無需遵守原先的約定。當夜幕降臨，年邁多病、七十歲的羅傑夫人曾表示「我擔心自己再也見不到瑪麗了」，然而當時此番言辭未引起多少注意。

到了星期一，人們確定瑪麗沒有去德羅姆街，整整一天過去，她依然不見蹤影，於是在城市和郊區展開遲來的搜索行動。然而直到失蹤的第四天，事情才有了突破性的進展。在這一天（六月二十五日，星期三），有人告知一位名叫博維⑧的先生（他和一位朋友一直在魯勒關口附近的的塞納河岸邊打聽瑪麗的消息，對面就是聖安德烈巷帕韋街），有一具屍體剛被幾名漁夫拖上岸，他們在河裡發現了一具漂浮的屍體。博維看著那具屍體，經過一番猶豫後，他確認了這正是那位香水店的女孩，而他的朋友更是一眼認出了她。

屍體的臉上被暗紅的血液所染，其中一些血液從她的嘴巴中流出。與單純的溺水情況不同，她的嘴巴周圍並未發現泡沫，膚色外觀依然保持原樣。喉嚨周圍有明顯的瘀傷和手指印痕，她的雙臂彎曲在胸前，肌肉已經僵硬，右手緊握，左手張開，左腕上出現了兩處圓形的擦傷，似乎是由纏繞多圈的繩索所造成，而右腕上的部分同樣滿是嚴重的擦傷，而背部則完全呈現出相似的情況，尤其是在肩胛骨附近。漁夫把屍體拖上岸時曾綁上一條繩索，但這些擦傷並非由這條繩索造成。脖子部位明顯腫脹，雖然沒有明顯的刀傷或毆打所致的瘀傷。在她脖子上，一條緊至幾乎看不見的蕾絲帶完全深埋在她的肌肉之中，打了一個結扣固定在左耳下方，僅這一點就足以造成死亡。法醫的證詞明確指出死者在去世前未受到玷污，然而明顯曾遭受野蠻的暴力對待。儘管屍體可能有些許變化或損傷，但她的特徵仍足夠明顯，使她的朋友們足以辨識出她的身分。

瑪麗的衣服四分五裂，顯得凌亂不堪，外層衣物有一部分被撕裂，約一英尺寬的布條從裙擺撕裂至腰部，但未完全撕脫，布條纏繞在腰間三圈，背後以某種方式固定。內層有一件精細的薄紗衣裙也被撕裂，同樣撕裂成一條十八英寸寬的布條——撕得非常平整，似乎是有意為之，這條布條纏繞在她脖子上鬆鬆垮垮地繫著，並用一個打得很緊的結固定。在薄紗和蕾絲布條上還繫著一頂帽子的帽帶；帽子本身則掛在帽帶上，繫住帽帶的結不是女士常用的結，而是一種滑結或水手結。

屍體經過初步辨認後，未按照常規程序送往停屍間（這是多餘的形式），而是匆忙安葬在被發現的岸邊。博維試圖壓下這個消息，但幾天後，這件事情引起了民眾的極大關切。一家週刊⑨最終提及此事，屍體被重新挖出並進行了第二次驗屍，然而除了先前提到的事實外並未發現任何新的情報。然而，這些衣物後來交給了死者的母親和朋友，經他們指認，這確實是瑪麗離家時所穿的衣物。

與此同時，隨著案件的發展，大眾對此案的關切和好奇心持續激增。數人遭到逮捕，卻又被釋放，其中聖歐斯塔奇成為嫌疑最大的對象。一開始他無法清楚交代瑪麗離家那天的行蹤，隨後他向G先生提交了一份關於當天每小時行蹤的宣誓書，然而隨著時間的推移，並沒有出現新的證據，成千上萬的矛盾謠言四處流傳，記者們忙於提出各種猜測，其中最引人注目的一個猜測是瑪麗・羅傑可能還活著——塞納河中發現的屍體屬於另一位不幸的受害者。我認為有必要將包含此猜測的段落列給讀者，這些段落是從《星報》上直譯，⑩這是一份可靠且編輯精良的出版物。

「羅傑小姐在十九世紀某年六月二十二日星期日早上離開她母親的家，表面上是要前往德羅姆街的姨媽或其他親戚家，從那時起沒有人證實再見過她，對她的下落毫無線索……從她離開母親家門到目前為止，沒有任何人站出來表示自己見過她……雖然我們沒有證據證明瑪麗・羅傑在六月二十二日星期日九點後還活著，但我們有證據證明她在那個時間點之前仍活著。在星期三中午十二點，有人發現一具女性屍體漂浮在魯勒關口的岸邊，即使我們假設瑪麗・羅傑在離開母親家後三小時內就被丟進河裡，那麼從她離家到屍體被發現的時間按小時來計算，剛好只有三天，但如果瑪麗・羅傑真的遭到謀殺，我認為凶手可以在如此有限的時間內完成謀殺，並在午夜前將她的屍體丟入河中，這種情節實在不太合乎邏輯，因為犯下如此可怕罪行的人通常會選擇在黑暗的夜晚中進行，而非光天化日之下……因此如果河裡發現的屍體確實是瑪麗・羅傑，那麼屍體泡在水中的時間只有兩天半，至多三天。根據以往經驗，那些溺水或是在遭受暴力殺害後立即被拋入水中的屍體，一般需要六到十天的時間才會因腐爛浮出水面。即便在水面上發射大砲，使屍體在五六天的浸泡後浮起，如果不進一步處理，通常會在一段時間後重新沉入水底。現在我們要問的是這起案件中有什麼因素，導致屍體與上述的自然規律偏離？……如果屍體在受損狀態下浮在岸邊直到週二晚上，那麼在岸邊應該能找到與凶手相關的線索或證據。即使屍體在死亡兩天後才被扔進水裡，屍體能這麼快就浮出水面也是一個疑點，而且如果某個凶手犯下了本文假設的謀殺案，極不可能不在屍體上附加重物，就將屍體扔進水裡，這是非常容易採取的預防措施。」

編輯在這裡繼續論述，他認為屍體浸泡在水中一定「不只三天，至少有十五天」，因為屍體已經分解得很嚴重，致使博維很難辨認屍體，然而後來這一點完全證明是錯誤說法，我繼續翻譯如下：

「究竟，是哪些不容辯駁的事實，使得博維先生堅信眼前的遺體無疑是瑪麗・羅傑？他剪開衣服的袖口，似乎是在尋找某個獨特的特徵，證實那冰冷的軀殼曾經是瑪麗。許多人推測這特徵或許是一處疤痕或者是其他某種特殊的身體特徵，然而他所做的僅僅是輕撫那隻手臂，並在上頭感受到絲絲細毛——這樣的證據難以服人，不足以為信。正如從袖中探出的手臂無法證明其主人身分一般，這般證據也不能成為定論的基石。可是博維先生在那個夜晚並未返家，直到星期三晚上七點，他才傳訊給羅傑夫人，告知她關於女兒的調查仍在進行中。即使我們可以理解羅傑夫人因為年邁和悲傷而無法前來參與調查，但應該會有其他人認為去查明真相是值得的，尤其如果他們相信這具屍體確實是瑪麗。」

聖安德烈巷帕韋街的閑靜至今仍未被那起駭人聽聞的悲劇所打擾，即使是那些與瑪麗居住於同一屋簷下的鄰居，也未曾聽聞半分風聲。瑪麗的情人及未婚夫聖歐斯塔奇住在她母親的房子裡，直到第二天早上才聽說有人發現了自己未婚妻的屍體，博維先生步入他的房間，沉重地宣告了那個關於未婚妻遺體被發現的噩耗。這份消息如此震撼人心，然而據報導，他的反應出奇地鎮定，這點的確引人深思。

透過這種陳述，報紙似乎想塑造出一種觀點，讓人感受到瑪麗的親友對此悲劇的反應彷彿異常冷漠，這樣的冷淡與他們對遺體身分的確認形成了鮮明對比。言下之意，瑪麗的失蹤，可能是在親友的默許下進行的，這背後可能隱藏著對她清白的質疑。當塞納河中發現了一具與她相似的遺體時，他們藉機讓世人相信瑪麗已經離世。然而《星報》的這種推斷實在草率，因為事實清楚證明，那種冷漠的態度是不存在的。羅傑夫人身處哀傷與脆弱之中，無力參與任何事務；聖歐斯塔奇對這突如其來的噩耗悲痛欲絕，絕非冷漠，以至於博維先生不得不尋求友人與親族的幫助，以防他在激動之下加入對遺體的挖掘調查。此外，儘管《星報》聲稱，遺體的重新安葬是由官方負責，家屬拒絕了以私人方式雕刻紀念瑪麗的提議，並且沒有家庭成員參與葬禮。這些聲明後來都被一一駁斥。後續報導中，報紙將矛頭轉向了博維先生，編輯撰文指出：

「然而，隨著情況的發展，新的疑點浮現。在某次拜訪羅傑家時，B夫人也在場，博維先生臨行前告訴她，一名憲兵即將來訪，並囑咐她在他返回前不得向憲兵透露任何口風……在當前的局面下，博維先生似乎試圖將所有調查線索掌控在自己手中，在調查的每個角落都能見到他的影子，不論你走至何處。出於某種未知的原因，他決定除了他自己之外，任何人都不得參與這些調查程序，據稱他以一種非常奇特的方式排擠男性親屬，似乎極力避免讓他們目睹那具遺體。」

以下事件可能引發人們對博維先生的懷疑：在瑪麗失蹤前不久，有人在他的辦公室外看到一束玫瑰被插在鑰匙孔中，而在一塊黑板上，則寫著「瑪麗」的名字。

整體而言，這些報導給人的印象是，瑪麗成了某群不法之徒的犧牲品——她被這些人帶到河對岸，遭受虐待和殺害。然而《商業報》⑪這份影響力廣泛的報紙卻積極反駁這普遍性的看法，以下是該報專欄中的引文：

「針對這起案件的追查，我們深感至今的努力恐怕走偏了方向，尤其是當證據指向魯勒關口這個方面，這樣一位名聲遠播的年輕女士，不可能在三個街區中行走而不被認出；如果有人見到她，一定會留下深刻的記憶——她若遇見熟人，必定會引起注意。她離家那日街上人潮洶湧……如果她走向魯勒關口或德羅姆街，必有不止一人認出她；然而卻無一人出面稱在她母親家門外見過她，除了那些關於她外出的證詞，別無確鑿證據證明她確實離開過家門。她的裙子被粗暴地撕裂，纏繞其身且被捆綁；就屍體被如同包裹一般被凶手搬走。若是謀殺真的在魯勒關口發生，便無需這等複雜的布置。屍體漂浮在魯勒關口，並不能確定那裡就是屍體實際投入河中的地點……這位不幸少女的裙子被撕下一段約兩英尺長、一英尺寬的布條，纏繞在她的頸下及頭後，似乎是用以防止她尖叫。這是那種沒帶手帕的人，才會做出的事。[3]」

然而，在警察局長來訪的前一兩日，一些重要的證據傳至警方手中，這些似乎至少推翻了《商業報》所提出的主要論點。德盧克夫人的兩個小兒子在魯勒關口附近的林地遊玩時，偶然穿過了一處茂密的樹叢，那裡有三、四塊大石頭，形成了一個仿若擁有靠背和腳凳的座椅。在一塊石頭上發現了一條白色襯裙；第二塊石頭上發現了一條絲巾，並且還找到了一把陽傘、手套以及一條刻有「瑪麗・羅傑」名字的手帕，周圍荊棘上也掛著衣物的碎片。地面上有明顯的踐踏痕跡，

譯註3 凶手使用被害人的裙子來防止她尖叫，而不是使用更常見、更文明的方式，如使用手帕。在當時的社會和文化背景下，沒帶手帕可能被視為一種未受教化或低下階層的象徵。

灌木受到損壞，到處都有掙扎的痕跡。在樹叢和河流之間發現柵欄遭人拆除，地面上有拖曳重物的痕跡。

每週出刊的《太陽報》⑫對此發現發表了評論——這反映了當時整個巴黎媒體的普遍情緒與看法：

「這些物品明顯至少已被遺置在那裡三、四個星期之久；受到雨水的浸濕，已然發霉硬化，黏在一起，周圍甚至長出了草。陽傘上的絲綢十分堅韌，但絲綢的線已在內部糾纏成團，上半部折疊的絲綢全都發霉腐朽，一經展開便破裂……裙子被樹叢勾住後撕裂的碎片大約三英寸寬，六英寸長，其中一部分是裙擺，曾經經過修補；另一塊不屬於裙擺部分，看似被撕成條帶狀，懸掛於約一英尺高的荊棘上……因此毫無疑問，這起駭人罪行的案發現場已經發現。」

隨著案發地點發現，新的證據也隨之浮出檯面。德盧克夫人證實，她在河岸不遠處經營了一家小旅店，就在魯勒關口對面。這是一個隱祕的地點，城中的惡棍常在週日乘船過河前往。就在那個案發週日的下午三點左右，一位年輕女孩與一名膚色黝黑的年輕男子來到旅店，兩人在此停留一段時間，隨後向附近的樹林深處走去。德盧克夫人對那位女孩所穿的服裝印象深刻，因為與一位故去親人的衣裝類似，尤其一條圍巾引起了她的注意。這對情侶離開不久，一幫粗魯的惡棍進入旅店，吃喝不付錢，之後沿著那對年輕男女先前的路線離開，傍晚時分又返回旅店，之後似乎急匆匆地再度過河。

就在當天晚上黑夜降臨後不久，德盧克夫人與她的長子聽到在旅店附近傳來女性的尖叫聲，尖叫聲雖劇烈卻短暫。德盧克夫人不僅認出了在樹叢中發現的那條圍巾，也識得在遺體上發現的衣物。一位名叫瓦倫斯⑬的公車司機也作證，聲稱在案發那個週日他見到瑪麗・羅傑伴隨一位膚色黝黑的年輕男子渡過塞納河。瓦倫斯認識瑪麗，不會誤認她的身分，而那些在樹叢中發現的物品，也已由瑪麗的親屬進行了確認。

在杜邦的建議下，我從各大報紙上搜羅了許多證據與資訊。在這些資訊中，有一項似乎格外引人注目——而且極為關鍵。據報導，在發現那些衣物不久後，就在案發地點附近，人們發現了瑪麗未婚夫聖歐斯塔奇的遺體（或者說是他那近乎無生命跡象的軀體）。在他身旁照找到一個空空的小瓶子，上頭貼著「鴉片酊」的標籤，從他微弱的呼吸中可以判斷他中了毒，而他在嚥下最後一口氣之前，未曾留下任何遺言。人們在他身上找到了一封信，信中他向瑪麗表達了深切的愛意，以及他自盡的決心。

杜邦翻閱完我的筆記後，發表了他的看法，「我無需多言，莫爾格街凶殺案要複雜許多；在一個重要的方面不同——這是一宗普通的犯罪事件，雖然手法殘忍，但並無任何特別奇怪或不尋常之處。然而，正是因為它表面上的平凡和缺乏特殊之處，反而使得案件更難以破解。初期，他們並不認為有必要提供懸賞，G局長的手下很快就構想出發生此一暴行的方式與可能的動機，他們能夠想像出一種——實際上是多種——可能的犯罪手法和動機；由於存在眾多可能的情景和原因，警方便認為案件的真相必然隱藏在他們所構想的這些可能性之中。警方之所以能夠輕易構想出許多不同的案件情境，每一種想法看似都合情合理，這其實反映了辦案過程中的一個困難性，不應被誤解為案件易於偵破。正如我之前所說，在處理複雜的案件時，常常是那些反常的線索，才能提供我們關鍵的洞察。在這種情況下，我們應該問的不是『發生了什麼』，而是『沒發生什麼』。在調查拉斯帕內夫人的住所⑭時，G局長的探員因案件的奇特之處而感到沮喪與困惑，對於一個智力正常的人而言，這種奇特之處恰恰應是解開謎團的關鍵，然而他們面對香水店女孩案件中所有平淡無奇的證據時，可能會陷入絕望，即使這些證據並未提供任何不尋常的資訊，警方仍相信能夠輕鬆偵破這起案件。

「在拉斯帕內母女的案件中，即使在調查一開始，也能毫無疑問確認這是一起謀殺案，從一開始就可以排除自殺的可能性。在魯勒關口發現屍體的情況是如此明確，自殺的假設根本無從考慮，然而，有人質疑這具發現的遺體是否為瑪麗・羅傑。懸賞的設立是為了確定凶手的身分，而這份懸賞僅與她的案件相關，與警察局長的合作也僅限於此案，我們都了解這位局長，知道他的話不可全信。如果我們從發現的屍體著手調查，然後追蹤到一名凶手，但最終發現這屍體不是瑪麗；或者，如果我們從在世的瑪麗著手，找到了她，但發現她未遭謀殺——在這兩種情況下，我們的所有努力都將付諸東流；畢竟我們面對的是G局長。即使不為正義，也要為了我們自己設想，因此調查的第一步應該是確認發現的遺體是否真的是失蹤的瑪麗．羅傑。

「對大眾而言，《星報》的立場影響深遠；報社本身也堅信自己提出的觀點重要至極，這從討論這起案件的文章可見一斑——文章聲稱，『當天幾份晨報都在討論星期一《星報》上刊登的那篇重要文章。』對我而言，這篇文章除了顯示作者對此案的熱情之外，別無他用。我們應記於心，報紙往往更傾向於製造轟動而非揭露真相——只有在追求真相與製造轟動這兩個目的似乎相合時，報紙才會致力於真相。那些迎合大眾意見的印刷品（無論這些意見多麼有根據）從未在民間贏得過什麼信譽，大眾僅會尊重那些敢於提出**與眾不同**見解的人。無論是在推理還是文學領域，人們最為欣賞的，往往是那些直擊心靈的警句或格言；然而，在推理和文學中依賴這種方式，其實是最低等的成就。

「我的意思是，提出『瑪麗・羅傑尚在人世』的見解，並非因為這個想法本身具有合理性或真實性，而是因為它巧妙結合了機智的辭藻和戲劇性的元素，從而使得《星報》得以提出這一觀點，並獲得大眾廣泛的歡迎與接受。讓我們來梳理一下這份報紙在其論證中的重點，並盡力避免原始論點所展示的不連貫性。

「作者首先嘗試確立的觀點是，從瑪麗失蹤到浮屍發現的時間過於短暫，因此推斷該屍體不可能是瑪麗。於是，將這段時間縮短至最小的可能範圍便成了論證的重點。在追求這個目標的過程中，作者似乎急於先下結論，他表示，『如果瑪麗・羅傑真的遭到謀殺，我認為兇手可以在如此有限的時間內完成謀殺，並在午夜前將她的屍體丟入河中，這種情節實在不太合乎邏輯，』這立刻引發了一個疑問：為什麼不合理？為什麼謀殺在女孩離家五分鐘後發生就不合常理？為什麼特定時間區段的謀殺就不合邏輯？事實上，謀殺案發生在一天中任何時間都有可能，從早晨九點到午夜前，凶手都有足夠的時間『在午夜前將她的屍體丟入河中』。因此，這個前提實際上與以下論述等同——謀殺根本就不是在週日發生的——如果我們接受《星報》這樣的假設，那我們也就可以接受任何假設。那段開頭是『如果瑪麗・羅傑真的遭到謀殺』的段落，無論其在報紙上如何排版，我們都可以揣測作者內心真正的意圖，他可能是這麼想的：如果屍體確實經歷了謀殺，那麼凶手在短暫的時間內完成謀殺，並在午夜前將屍體投進河中，這一行為似乎並不合邏輯；同時，他也固執地假設（如同我們一般人）屍體是在午夜後被拋入河中的，這同樣不太符合邏輯。這樣的句子，雖有其合理之處，但並非像報紙上所印刷的那般荒唐無稽。

「如果我的目的僅僅是反駁《星報》這段話，完全可以就此打住，但我們真正要處理的是事實真相，而不僅僅是報紙的論點。這段話按其本意有只有一種解釋，而我已經盡力將它表述得公正無私。不過我們需要透過這些詞句，挖掘作者想要但未能明確表達的深層含義，作者的真正意圖是要說，無論這起謀殺案發生在週日的哪個時刻，凶手在午夜前將屍體運至河邊的可能性都是微乎其微。這裡的真正假設是，謀殺案發生在一個必須將屍體運至河邊的地方，但謀殺同樣可能發生在河邊或河上；因此不論是白天或夜晚，將屍體投入河中都可能是最直接的做法。我在此提出的不是任何實際的可能性，也不符合我的個人看法，至此為止，我所做的一切與案件的事實毫無關聯，我的目的僅僅是提醒你，《星報》提出的從一開始就是片面的論點。

「文章的作者為了支持自己的論點而設定了一個特定的前提：如果確認屍體是瑪麗的，那麼屍體在水中的時間必定非常短暫。在這個前提下，報紙進一步發展了它的論點：

「根據以往經驗，那些溺水或是在遭受暴力殺害後立即被拋入水中的屍體，一般需要六到十天的時間才會因腐爛浮出水面。即便在水面上發射大砲，使屍體在五六天的浸泡後浮起，如果不進一步處理，通常會在一段時間後重新沉入水底。」

「巴黎所有報紙幾乎都默認了這些觀點，唯一的例外是《監察者報》⑮，這份報紙試圖反駁關於『溺水屍體』的段落，並引用了五、六個溺水案例中屍體在《星報》聲稱的時間之前就浮出水面的例證，但《監察者報》試圖用這些特定的個案來反駁《星報》的一般性論證，這在邏輯上並不成立，因為即使能舉出五十例而不是五例在兩三天內就浮出水面的屍體，直到該原則被推翻之前，這些個案仍然只是《星報》原則的例外。承認《星報》提出的一般性原則——即溺水後的屍體通常需要幾天的時間才能浮到水面（這一點《監察者報》並未否認，只是強調了例外情況）——《星報》的論證仍舊站得住腳，這是因為它主要討論的是屍體在三天內浮出水面的可能性，而這個可能性正好可以支撐《星報》的立場，除非能夠引出足夠的反例，足以建立一個與之相對立的新原則。

「你會立即發現，所有關於此原則的論證（如果有的話）應該針對原則本身提出，為此我們需要審視這個原則背後的理論根據。一般人的身體不比塞納河的水輕很多，也不比水重很多；也就是說，人體在自然狀態下的比重大約等於它所排開的淡水體積，在比較人體與水的比重方面，體型豐腴的人、骨架細小的人，以及大多數女性，通常身體較輕。這是與體型瘦削、骨骼較粗大的人，以及一般男性相比較的情況下，後者的身體通常會比較重。潮汐也會影響水的密度，但如果我們忽略這個因素，即使在淡水中，人體也不會自行沉沒。幾乎所有落入水中的人，只要使自己的身體達到水中的平衡狀態——也就是盡可能讓身體浸泡在水中——都能成功浮起。不會游泳的人如果落水，他們應試圖保持直立姿勢，將頭部儘量仰起並盡可能深入水中，保持口鼻在水面上方，這樣，他們會發現自己可以輕易且不費力地浮起，然而身體在水中的重量與所排開水的重量間存在一種微妙的平衡，即便是最輕微的改變也可能破壞這種平衡，影響人的浮力。比如，如果人在水中舉起手臂，手臂失去水的支撐，額外的重量足以使頭部沉入水中。另一方面，如果在水中找到了一塊木頭，木頭可以提供足夠的浮力，使人能夠抬起頭部四處觀望。不會游泳的人在水中掙扎時常本能地將雙手舉起，試圖讓頭部保持在水面上的垂直位置，然而這通常會導致水覆蓋口鼻，尤其當他們試圖在水下呼吸時，這會使水進入肺部，甚至胃中。當肺部和胃部充滿水時，這些原本充滿空氣的腔室的重量會增加，因為水比空氣重得多。這種重量的增加通常足以使身體沉入水中；但對於那些骨骼較小、身體含有較多軟組織或脂肪的人來說，即使在溺水後，他們的身體也可能因為比重較輕而繼續漂浮在水面上。

「屍體如果沉入河底，會停留在那裡，直到比重變得輕於排開的水，這種變化通常是由腐爛造成的。腐爛產生的氣體會使屍體膨脹，這些氣體會膨脹屍體的細胞組織和體腔，從而使屍體看起來浮腫，有時甚至呈現出一種可怕的外觀。這種膨脹增加的是體積而非質量，因此使屍體的整體比重降低，最終使其浮出水面。但腐爛會受多種因素影響，可能因無數的因素加快或延緩；例如季節的冷熱、水的礦物質含量或純淨度、水的深淺、水的流動或停滯、屍體的體質、死前是否受到疾病感染等等。因此很明顯，我們無法確定屍體因腐敗而浮出的時間點，因為這個過程會受到多種條件的影響。在某些情況下，屍體可能在一小時內就因腐敗而浮出；然而在其他情況下，屍體可能根本不會浮出。有些化學物質可以永久保存動物的骨架，使其免於腐爛；氯化汞就是其中之一。但即使沒有顯著的腐敗過程，屍體的胃部通常會產生氣體（或在其他腔室，透過其他原因產生），這些氣體可能來自胃中植物物質發酵，發酵足以引起內部膨脹，使屍體最終浮起。發射大砲產生的是一種簡單的震動效果，這種震動可能使埋在淤泥中的屍體鬆動，如果其他因素（如屍體腐敗產生的氣體）已經使屍體準備好浮出，震動就可能幫助屍體上升到水面；大砲發射產生的震動也可能影響屍體內部的細胞組織，特別是那些已經開始腐爛且產生黏性的部分，震動可能會使這些部分鬆動，使體腔更容易膨脹。

「當我們對這個主題有了完整的理解和知識後，就能更容易地檢視《星報》提出的主張，這家報紙表示，『根據以往經驗，那些溺水或是在遭受暴力殺害後立即被拋入水中的屍體，一般需要六到十天的時間才會因腐爛浮出水面。即便在水面上發射大砲，使屍體在五、六天的浸泡後浮起，如果不進一步處理，通常會在一段時間後重新沉入水底。』

「現在看來，這整段話充滿了混亂和不連貫性，過去的經驗並不表示『溺水的屍體』需要六到十天的時間才會因腐爛浮出水面，科學和經驗都證明了屍體上浮的時間無法確定且必然如此。如果屍體是因為發射大砲而浮到水面，不會『不進一步處理，就在一段時間後重新沉入水底』，除非腐敗發展到足以讓產生的氣體逸出。但我想強調的是『溺水的屍體』和『遭受暴力殺害後立即被拋入水中的屍體』之間的區別，雖然作者承認這種區別，卻將兩者歸為同一類。我已解釋過溺水者的屍體為何會比排開的水重，並指出溺水者不會立即沉下去的原因。溺水時，人們可能本能地舉起手臂並在水下掙扎呼吸，導致水進入肺部，取代原本的空氣，這種在水中掙扎和喘氣的行為不會發生在那些死後立即被扔進水中的屍體上。因此在後者情況下，屍體一般不會沉入水中，這是《星報》顯然不了解的事實。只有當屍體腐敗到非常嚴重的程度時，肌肉在很大程度上脫離了骨骼，才會看不到屍體浮在水面上。

「那麼，我們該如何看待這樣的論點：因為只過了三天，這具屍體就發現浮在水面上，所以不可能是瑪麗・羅傑的屍體？如果她是因溺水而死，身為女性，她的屍體可能從未沉下去；或者即使沉下去，也可能在二十四小時或更短時間內再次浮出，但沒有人認為她是溺水而死的；而且如果她是在被扔進河中之前就已死亡，那麼她的屍體可能在任何時間點被發現浮在水面上。

「《星報》說，『如果屍體在受損狀態下浮在岸邊直到週二晚上，那麼在岸邊應該能找到與凶手相關的線索或證據。』一開始，這裡的論點似乎難以理解，推理者的真正目的也讓人捉摸不定，他似乎是為了預防反對意見而設定這個論點——也就是說，他認為屍體在岸上停留了兩天，並在此期間經歷了比水中更快速的腐敗過程。他推測，如果屍體真的在岸上經歷了這樣的情況，那麼屍體可能在週三就已經浮出水面，他認為只有在這種情況下，屍體才會出現在水面上，因此他急於證明屍體並未被留在岸上，因為如果屍體真的被留在岸上，那麼岸上應該會留下一些凶手的痕跡。我猜你對這個推理的結果感到好笑，很難理解屍體在岸上停留時間如何會增加與凶手相關的線索，我也對此感到困惑。

「報紙繼續說，『而且，如果某個凶手犯下了本文假設的謀殺案，極不可能不在屍體上附加重物，就將屍體扔進水裡，這是非常容易採取的預防措施。』注意這裡的思維混亂和荒謬之處！沒有任何人——甚至包括《星報》在內——對**被發現的屍體**是否遭到謀殺提出過質疑，因為屍體上的暴力痕跡非常明顯。然而推理者的真正目的並非證明這具屍體未遭謀殺，而是要證明這具屍體不是瑪麗・羅傑，他的意圖是證明瑪麗並未遭到謀殺——而不是證明這具屍體並未遭到謀殺，然而他的觀察只證明了一點：這具屍體沒有附加重物。在通常的情況下，如果凶手將屍體扔入水中，會加上重物以確保屍體沉入水中，因此由於這具屍體沒有附加重物，就顯示不太可能是凶手所為。如果作者確實證明了什麼，那就是他所能證明的全部，這段論述並未解決屍體身分的問題，而《星報》只是在否認之前所承認的事實。《星報》曾表示：『我們完全相信被發現的屍體是一名遭到謀殺的女性。』但現在他們似乎在反駁自己的論點。

「這並非他們在此案上唯一一次無意識的自相矛盾，如我先前所言，他們的目的顯然是盡可能縮短瑪麗・羅傑失蹤與屍體被發現之間的時間間隔，然而我們發現他極力主張沒有人在她離開母親家後見過這個女孩。他說，『我們沒有證據證明瑪麗・羅傑在六月二十二日星期日九點後還活著。』由於他的論點明顯偏向某一方面，他本應避免提及任何可能削弱或與他主要論點相矛盾的訊息；因為如果有人在星期一或星期二見過瑪麗，這表示她在失蹤後還活了一段時間，這將使她失蹤與屍體發現之間的時間間隔變得更短。按照他自己的推理，這會降低這具屍體屬於瑪麗的可能性，然而《星報》仍堅持其觀點，並堅信這有助於其整體論證，實在有些諷刺。

「現在我們再次審視這段論證中博維認屍的部分，《星報》的報導明顯存心不誠。博維不是笨蛋，他不可能僅憑手臂上的毛髮就確認屍體的身分，因為每個人的手臂都有毛髮。《星報》在報導中對某個證人的陳述進行了曲解，使其聽起來更空泛，更不具體。原本證人很可能指出的是屍體手臂上毛髮的某些特殊特徵，而非僅是毛髮的存在，這些特殊之處可能與毛髮的顏色、密度、長度或生長的位置有關。

「報紙上提到，『她的腳很小——然而，成千上萬的人都擁有同樣小巧的腳。她的吊襪帶似乎無法提供任何證據——她的鞋子也是如此，因為鞋子和吊襪帶常常是成套出售的，她帽子上的花朵也同樣難以提供線索。博維先生堅持的一點是，他發現吊襪帶上的扣子被調整得更緊，但這點根本無關緊要；因為大多數女性會選擇將吊襪帶帶回家，根據腿部的尺寸進行調整，而不是在商店裡試穿。』從這段描述來看，很難相信這位推理者的認真程度。若博維先生在尋找瑪麗的屍體時，碰巧發現了一具在整體大小和外觀上都與失蹤女孩相吻合的屍體，他便有充分的理由相信自己找到了瑪麗（無需過多考量服裝的問題）。如果他除了注意到屍體的大小和外觀外，還在其手臂上發現了他在活著的瑪麗身上所見的特殊毛髮特徵，這將進一步強化他的推測；而這種確定性的增強，可能與毛髮特徵的獨特性或罕見性成正比。若瑪麗的腳很小，而屍體的腳也同樣小巧，那麼這具屍體屬於瑪麗的可能性不僅僅是數學上的增加，而是在更高的幾何或累積比例上增長。加上她失蹤當天已知的穿著——即使這些鞋子可能是『成套出售的』，在此增加的可能性幾乎到了確定無疑的程度。單一證據可能不足以證明身分，但當這一證據與其他因素或證據疊加時，其證據力度便顯著增強。假如在一具屍體上發現了與失蹤女孩相同的帽子，尤其是帽子上的花朵裝飾與她失蹤時所戴的完全一致，那麼我們便無需尋找其他證據來確認身分——但若帽子上不僅有一朵花，而是有兩三朵甚至更多呢？每多一朵花，便相當於提供了更多的證據——這些證據不是簡單**相加**的關係，而是以幾何級數的方式增加，從而大大強化了確認屍體身分的可能性。若死者身上發現了與瑪麗・羅傑生前使用完全相同的吊襪帶，這本身就是一個強有力的證據。這些吊襪帶不僅與瑪麗所用的相同，而且還被發現透過後退扣環來收緊，正如瑪麗在離開家之前不久所做的那樣。這種細節的相似性大大增強了屍體與瑪麗之間的連結，使得對屍體身分的任何懷疑都顯得無理，甚至可能被視為瘋狂或虛偽的行為。《星報》所謂吊襪帶縮短是常見現象的說法，僅顯示出他們對錯誤的固執堅持。

吊襪帶扣的設計本質上是有彈性的，這表示吊襪帶會自行調節鬆緊度，很少需要手動調整。瑪麗的吊襪帶需要特別收緊，正如之前所描述，這極可能是一種極為罕見的情況，屬於嚴格意義上的偶然事件，僅憑這一點，就足以充分確定屍體的身分是瑪麗。但關鍵不僅僅在於這具屍體上發現了與失蹤女孩相符的吊襪帶、鞋子、帽子、帽子上的花朵、腳部、手臂上的特殊標記，或者整體的身材和外觀——關鍵在於這具屍體同時具備了上述**所有**特徵。若能證明《星報》的編輯對此存有**真正**的疑慮，那麼他可能就不需要接受精神健康的檢查了。他認為重複律師的一般觀點和評論是明智的，而律師們通常只是重複法庭的固定原則。我在此指出，許多法庭拒絕作為證據的事物，對於觀察入微的人來說，可能是非常有價值的證據，這是因為法庭在判斷證據時，通常依賴一般性——公認且**記錄下來**的原則——不願在具體個案中偏離這些原則。這種對原則的堅定遵守，嚴格地忽視那些與這些原則相衝突的特殊情況或例外，長期來看，通常能夠幫助我們獲得最大程度上可探知的真相。因此，在大規模實踐中堅持這些原則在哲學上是合理的；但同時也可能產生重大的個案偏差。⑯

「關於那些針對博維先生的不利暗示或指控，我們可以迅速將其排除。您已經深入洞悉這位紳士的真正品格，他是一位充滿浪漫情懷卻智慧有限的好心人，在激動的時刻，這樣的人往往會表現出令人懷疑的行為，尤其在那些過分敏感或心懷叵測之人眼中。從您的筆記中得知，博維先生與《星報》的編輯有過數次私人會面，在這些會面中，他因勇敢提出與編輯所持理論不同的見解——即那具屍體是瑪麗——而引起對方的反感。報紙上寫道，『他堅稱那是瑪麗的屍體，但除了我們已經討論過的那些事實之外，他無法提供更多理由來說服他人。』現在不需要再去尋求更有力的證據來說服他人，因為這樣的證據是不可能存在的。在這種情況下，我們可以認為，一個人可能堅信某事是真的，卻無法提供充足的理由或證據讓其他人也信服。對於個人身分的感知往往是基於直覺和模糊印象，而非清晰明確的理由，比如，大多數人都能認出自己的鄰居，但當被問及具體原因時，他們往往難以給出明確的解釋。《星報》的編輯不應該因為博維相信那是瑪麗的屍體不合邏輯或無證據支持而感覺受到冒犯。

「那些令人懷疑的情況更符合一位好管閒事且浪漫的人的行為模式，而非理性分析所指向的有罪行為。如果我們接受這種更為寬容和理解的解釋，便不難理解鑰匙孔中的玫瑰、黑板上寫的『瑪麗』、『排擠男性親屬』、『極力避免讓他們目睹那具遺體』，還有對B夫人的告誡，即在他（博維）返回前不得向憲兵透露任何口風，以及最後他似乎決定『任何人都不得參與這些調查程序』的行為。在我看來，博維無疑是瑪麗的追求者；她與他調情；而他則希望外界認為他擁有她最深的親密和信任。對此我不再多言，已有的證據有效反駁了《星報》關於死者母親和其他親屬表現出冷漠態度的說法——這與他們相信那具屍體是那名香水女孩的假設不符。我們現在將繼續進行其他相關的討論或調查，我已經充分回答有關屍體身分的疑問。

「那麼，」我這時追問，「您對《商業報》的內容又有什麼看法？」

「與其他關於這起案件的公開評論相比，《商業報》提出的觀點在精神上更值得我們觀察，其推理基於哲學和敏銳的思考；然而至少有兩個前提基於不完整的觀察。《商業報》似乎暗示瑪麗是在離她母親家不遠的地方被一群底層惡棍綁架的。該報紙堅稱，『這樣一位名聲遠播的年輕女士，不可能在三個街區中行走而不被認出。』這種想法可能來自一位長期居住在巴黎的知名人士，他在城市中往返步行大多限於公共辦公室附近，他知道自己很少在離自己辦公室十幾個街區之外行走而不被人認出和攀談，他意識到自己在公共場合的知名度，並將這點與香水女孩的知名度進行比較，認為由於他和瑪麗在知名度上沒有太大差異，因此推斷瑪麗在街上行走時也應當與他一樣容易被人認出。這樣的推斷只有在瑪麗的步行習慣與他一樣固定、有規律，且在同一有限地區內進行的情況下才能成立。他的生活範圍有限，定期在一個固定狹小的範圍內來回穿梭，而這個區域內的人們由於對他的職業性質感興趣而經常注意他，但瑪麗的步行方式可能更加隨性且漫無目的。在這個特定案例中，最有可能的情況是瑪麗選擇了一條與她平常走的路線不同、更加多樣化的路線。這與《商業報》頭腦中的那種類比——即假設一個人在城市中的任何地方都能被認出——形成了鮮明的對立，因為這種類比只有在兩個人都穿越整座城市的情況下才能成立。在這種情況下，如果假設兩人所認識的人數相等，那麼他們偶遇相同人數的機會也將會相等。至於我個人，我認為瑪麗在特定時段走過住所到姨媽家之間眾多路徑的任何一條，而沒有遇到她認識或認識她的人，這不僅有可能，而且非常有可能。如果全面且適當地看待這個問題，我們可以看出即使是巴黎最知名的人物，認識他們的人數與全巴黎人口相比，也存在極大的比例差。

「儘管《商業報》的建議看似有其影響力，但當我們考慮到那位年輕女孩出門的具體時間，這種影響力就顯著降低了，《商業報》聲稱，『她離家那日街上人潮洶湧』，但實際情況並非如此，當時是早上九點，每週的每天早晨九點，城市的街道確實擠滿了人，**除了星期天以外**。星期天的早上九點，大多數巴黎居民都還在家中**準備去教堂**，而不是在街上。任何具有敏銳觀察力的人都不會忽視安息日早上八點至十點間，城市那稀疏荒涼的氛圍。只有在十點至十一點之間，街道才會開始擁擠，不會在早晨那麼早的時間。

「另一個《商業報》可能觀察不足的地方在於，報紙上提到，『這位不幸少女的裙子被撕下一段約兩英尺長、一英尺寬的布條，纏繞在她的頸下及頭後，似乎是用以防止她尖叫。這是那種沒帶手帕的人，才會做出的事。』無論這個想法是否有根據，我們稍後再深入探討；但編輯所謂『沒帶手帕的人』，是指最低等的惡棍，但這裡提到的『沒帶手帕的人』，實際上是那些即便沒穿襯衫，也會隨身攜帶手帕的底層惡棍。您肯定也注意到了，近年來對於極端的惡棍來說，口袋手帕已成為了一種不可缺少的配件。」

「所以，」我問道，「我們該如何理解《太陽報》的文章？」

「遺憾的是，該文的作者並非一隻鸚鵡——如果真是如此，他將成為鸚鵡中的佼佼者。他所做的，僅僅是重複那些他從各大報紙上辛苦搜集來的已發表觀點，他聲稱，『這些物品明顯至少已被遺置在那裡三、四個星期之久，**毫無疑**

問，這起駭人罪行的案發現場已經發現。」然而，即使是《太陽報》所重述的這些事實，也未能消除我對此案的疑慮。我們將在後續的討論中，結合主題的其他部分，對這些事實進行更詳細的審查。

「現在，我們必須將注意力轉向其他方面的調查。您肯定已經察覺驗屍過程中的極大疏忽。當然，確定屍體身分的問題已迅速得到解決，或至少應當已經解決，然而還有許多其他重要的疑問亟待解答，例如，死者身上是否遺失了某些物品？她離家時是否攜帶珠寶？如果有，那麼在發現屍體時，這些珠寶是否仍在她身上？這些關鍵問題在之前的調查中並未得到充分探討，我們必須親自深入了解，尋找答案。聖歐斯塔奇的自殺也需重新調查，我並不是將他視為嫌犯，但依然需要有條不紊、系統化地進行調查。我們應該把重點放在驗證這位先生關於星期天行蹤的宣誓是否屬實，因為這類宣誓書很容易虛構，以掩蓋真相。如果我們在宣誓書中未發現任何矛盾或欺騙行為，那麼我們可以在調查中排除聖歐斯塔奇涉案的可能性，但即使在宣誓書中發現了欺騙的跡象，他的自殺行為仍然是一個無可置疑的事實，不是需要偏離常規分析來解釋的不解謎團。如果沒有發現任何欺騙的證據，他的自殺行為可以視為一個與此案件無關的獨立事件。

「我目前提出的調查方案，旨在將焦點從案件的核心和直接要素轉移到其邊緣和周邊事實上。在這種調查中，一個常見的錯誤是只關切與案件直接相關的事件，而忽視那些看似無關卻可能隱含重要線索的間接或次要事件。法庭常有的惡習是，將證據和討論局限於表面與案件直接相關的事實，而忽略了那些可能在更廣泛範圍揭示真相的間接證據。然而，真實的哲學和科學經驗告訴我們，很多時候，大部分乃至絕大多數的真相和發現，實際上源於那些最初看起來與案件無關的事物。基於此一原則，現代科學在處理問題時學會了預計和考慮那些未曾預見的事物，但您可能還不太明白我的意思。人類知識的進展歷史充分證明，許多重大和有價值的發現往往源於意外或偶然的事件，因此，在規劃未來的任何改進和發展時，我們不僅應考慮那些偶然的發明和發現，而且還應為那些可能完全超出常規預期的創新留出充足甚至最大的空間，僅僅依據過去的事件來預測未來，已不再是一種合理的哲學思考方式。偶然性應視為所有計畫和理論的基石，應納入考慮，就像學校中的數學**公式**一樣，將原本未預期和想像的情況考量在內。

「我要再次強調，大多數真理是從這些側面或間接的事物中發現的，這不僅是直接和顯而易見的事實。正是基於這一原則，我希望在當前的案件中，將焦點從直接事件本身轉移到與事件相關的當代情況上。在您確認宣誓書的真實性時，我將進行更廣泛和深入的報紙審查，超出目前已經進行的範圍。到目前為止，我們只是初步偵察了調查領域；但如果按照我所提出，對公共印刷品進行全面調查，卻未能揭露一些微妙的資訊，從而為案件的調查提供新的方向或途徑，那將是一件令人意外的事情。」

我遵循杜邦的建議，針對宣誓書的內容進行嚴謹的審查，調查結果讓我堅信其真實性以及聖歐斯塔奇的清白。與此同時，我的朋友卻投入對各種報紙檔案的詳細審查，在我看來這似乎是一種漫無目的的調查，一週後他向我展示以下摘錄：

「大約三年半前，同一名主角引起了一起與現案極為相似的轟動事件，瑪麗・羅傑從皇宮的勒布朗香水店神祕失蹤，然而一週後，她重返她的櫃台工作，除了面色略顯蒼白之外，似乎無其他異常。勒布朗先生和她的母親聲稱她只是去鄉下拜訪了一位朋友，事件很快就被淡忘了。我們猜測她目前的失蹤可能也是出於一時興起，或許在一週或一個月後，我們會再次見到她重返日常生活。」

——《晚報》，六月二十三日，星期一⑰

「昨日晚報上提到了羅傑小姐先前神祕失蹤的案件。大家都知道，在她未前往勒布朗香水店上班的那週，是與一位聲名狼藉的年輕海軍軍官在一起，推測是在一場爭吵後，她決定返回家中。我們知道那位當時在巴黎服役的花花公子的姓名，但出於明顯的理由，我們選擇保密。」

——《水星報》——六月二十四日，星期二早晨⑱

「前天，在這座城市附近發生了一起駭人聽聞的暴行。一位紳士與他的妻子和女兒在黃昏時分，聘請了幾名在塞納河岸閒蕩的年輕人，以協助他們渡河。當他們抵達對岸，這位女士發現她將陽傘遺忘在船上，她回頭去取，卻遭到這些年輕人的擄劫，她被帶到河中央粗暴對待，後來被拖到河岸上，離她最初上船的地方不遠。這些惡徒暫時逃脫了警方的追捕，但警方已經掌握了他們的行蹤，相信不久後就會有人被捕。」

——《早報》——六月二十五日⑲

「我們收到了一兩封試圖將近期暴行的罪責推給梅奈斯的信件；⑳但由

於這位紳士已經透過忠實的調查證明了自己的清白，且雖然收到了一些試圖將某起事件的罪責歸咎於梅奈斯的通訊，但內容更多反映了作者的熱情而非深入的分析或有力的證據，因此我們編輯認為不適合發表於公開媒體上。」

——《早報》——六月二十八日

「這些來自不同來源的信函，充斥著令人信服的論述，令我們深信悲劇中的瑪麗・羅傑之死，其幕後黑手正是在城市邊緣橫行無阻的惡棍幫派之一。這樣的假設獲得了我們堅定的支持，我們將在接下來的報導中為此一論點留出充分的篇幅。」

——《晚報》——六月三十一日星期二㉑

「星期一有一位從事稅務服務的拖船工人，在塞納河上發現了一艘無人駕駛的船隻正在漂流，其帆布散亂地遺落在船底。這位工人將之拖至拖船辦公室下方，然而翌日清晨，這艘船悄無聲息地被人移走，警方對此卻毫不知情，船舵現存於拖船辦公室之中。」

——《勤奮新聞報》——六月二十六日星期四

閱讀這些摘錄後，我發現這些內容似乎與我關心的案件毫無關聯，既顯得無足輕重，又讓人看不出任何相關性，我等待杜邦給出一些解釋。

「我目前的計畫並非深究這些摘錄的第一條和第二條，而是要讓您看到警方的極度疏忽。據我所知，局長表示他們並未對報紙提及的海軍軍官進行任何調查，然而認為瑪麗第一次失蹤與第二次失蹤之間沒有任何**潛在的**關聯性，無疑是一種愚蠢的判斷。我們推測，第一次的私奔導致了戀人間的爭執，被背叛的瑪麗決定返回家中。如果我們能確定第二次失蹤同樣是因為私奔（如果我們有確鑿的證據證實瑪麗第二次失蹤也是因為私奔），那麼這很可能是瑪麗與舊情人（背叛者）之間感情復燃，而不是由另一個男人提出私奔的結果——我傾向於將這解讀為瑪麗與她的舊愛重燃舊情，而非開啟一段新的戀情。與瑪麗私奔的人會再次提出私奔的機率很大，可能性遠大於其他男子。我要提醒您，從第一次確認的私奔到第二次假設的私奔之間，時間跨度比海軍軍艦的一般巡航時間要長了幾個月。也就是說，如果瑪麗的愛人在第一次私奔因為不得不出航而中止，那麼他回來時，是否會立刻重啟這尚未完成的惡劣陰謀？還是**他的**私奔計畫尚未完成呢？對此，我們一無所知。

「然而，您可能會指出，第二次失蹤看起來不像第一次私奔，當然不是——但我們是否應該考慮背後可能有一個未完成的計畫？除了聖歐斯塔奇和博維之外，瑪麗沒有公開承認其他熱烈追求的情人。那麼，誰可能是那位神祕的情人，即使大多數親戚都對他的存在一無所知，但瑪麗卻在星期日早上與他見面，並對他有著無比的信任，甚至在夜幕降臨時仍毫不猶豫地留在魯勒闗口的孤獨樹林中？我再問，那位神祕情人是誰，至少大多數親戚對此一無所知？另外，羅傑夫人在瑪麗離家那天早上所說的奇怪預言又意味著什麼？——『我擔心自己再也見不到瑪麗了。』

「那我們至少可以假設那位少女考慮過這個計畫。在離家前，她讓人誤以為她將去拜訪德羅姆街的姨媽，並要求聖歐斯塔奇在天黑時去接她回家。這一事實乍一看似與我的推測相矛盾；但讓我們仔細思考此一情況。我們知道她的確與某人會面，並與此人一同渡河，於下午三點抵達魯勒關口，但她決定跟隨這個人（**不論是出於什麼目的，無論她的母親是否知情**）去完成某些事情時，她必須要考慮自己離開家的理由以及與聖歐斯塔奇的約定。如果聖歐斯塔奇發現她不在約定地點，必然會感到驚訝和懷疑；當他返回寄宿處並發現她不在時，他的擔心會更甚。她必定已經預見了這一切，我認為她早就預料到聖歐斯塔奇的擔心和大家的疑問，她不可能想要回來面對這些疑問；但如果我們假設她根本就沒有打算回來，那麼這些疑問對她來說就變得毫不重要了。

「我們可以合理推測，她或許是這樣謀劃的，『我要去與某個人見面，或許是為了私奔，或者為了其他只有我自己知曉的目的，為了確保不受干擾，必須讓我們有充足的時間逃避追捕。我得讓人們認為我將去德羅姆街拜訪姨媽，並告訴聖歐斯塔奇不要在天黑前來接我，這樣我離家的時間便能合情合理，不會引起任何懷疑或憂慮，同時也能為我們爭取到更多的時間。如果我要求聖歐斯塔奇在天黑前來接我，他不太可能提前到達；但如果我完全不告知他來接我的時間，我逃跑的時間將大幅縮短，因為人們預期我應該更早回家，從而提早發現我失蹤的事實。現在，如果我的計畫是永遠不回家——或者幾週內不回來——或者至少在某些祕密計畫完成之前不打算回來——那麼我唯一需要擔心的，就是如何爭取足夠的時間來實現這個計畫。』

「您已從我的筆記中觀察到，關於這起悲劇事件，最初的普遍看法便是這個年輕女孩成了一群惡棍的犧牲品。在某些情況下，這種普遍的看法不應被忽略，當它自然而然地產生，且毫無引導地呈現時，應被視為類似於特定人士的獨到**直覺**。在絕大多數情況下，我會遵循這種大眾觀點，但關鍵在於，這種觀點必須是大眾自發形成的，而非受到任何明顯的**建議或引導**；這之間的區分往往非常難以察覺和維持。大眾認為瑪麗成了一夥惡棍的受害者，這一觀點似乎起因於我所摘錄第三條新聞中的案件，整個巴黎因瑪麗的屍體被發現而陷入激動，這個年輕、美麗且出名的女孩的屍體帶有暴力痕跡，漂浮在河中。但現在已知，在據稱瑪麗遭受謀殺的時期前後，有一群年輕的惡棍對另一名年輕女子施加了類似的侮辱，儘管程度較輕。已知的這宗罪行是否會影響大眾對另一宗未知案件的判斷呢？這種判斷需要指引，而這已知的罪行似乎恰巧提供了這種指引！瑪麗的屍體同樣是在河中被發現，正是在這條河上，曾發生了一起眾所周知的侵犯案件。這兩起事件之間的關聯性如此明顯，若大眾未能理解這種關聯，反倒會令人感到驚奇。已知的這一暴行，事實上可以作為一種證據，表明另一起幾乎在同一時間發生的案件，並非出自相同性質的暴行。的確，如果在某個地方，一夥惡棍正在進行一起前所未聞的惡行，而在同一城市、相似的地方、相同的情況下，使用相同的手段和設備，竟然還有另一夥類似的惡棍在同一時間參與了類似性質的罪行，那根本是奇蹟！但這若不是一個如此驚人的巧合，那麼大眾的觀點又指向了什麼真相呢？

「在我們繼續探究之前，讓我們回顧一下被認為是謀殺現場的那個地點：魯勒關口的樹叢。這片樹叢雖然茂密隱密，但位於一條公路的附近，在其中，三、四塊大石頭構成了一處有背靠和腳凳的自然座位，其中一塊石頭上發現了一條白色的襯裙；另一塊石頭上，則發現了一條絲巾。現場還遺留著一把陽傘、手套和一條手帕，手帕上繡有『瑪麗・羅傑』的名字。周圍的樹枝上，也散落著衣物的碎片。地上有踐踏的痕跡，灌木遭到破壞，這些都證明現場發生過暴力的掙扎。

「雖然報紙對於樹叢中的犯案現場給予高度讚譽，普遍認為那裡確實是案件發生的地點，但我們必須承認，仍有一些合理的理由讓人產生懷疑。我可能會相信那裡是真正的現場，也可能不會，但我的懷疑基於充分的理由。如果《商業報》所猜測的一樣，真正的案發地點位於聖安德烈巷的帕韋街附近，而且如果犯罪行兇者仍在巴黎，當公眾的注意力聚焦於正確的線索時，他們自然會感到恐懼；在某種心理層面上，他們會立即感受到必須採取某種手段來轉移這種注意力。因此，當魯勒關口的樹叢引起了懷疑，他們可能會自然而然地想到在那裡放置證物。雖然《太陽報》宣稱這些物品被發現後僅有幾天的時間，但實際上並沒有確鑿的證據表明這些物品放置在樹叢中有多久；相反，有許多間接的證據證明，在那致命的星期日和這些證物被兩名男孩發現那個下午之間的二十天內，那些物品不可能長時間放置在那裡而不引起注意。『受到雨水的浸濕，』《太陽報》援引之前的報導所述，『已然**發霉**硬化，黏在一起，周圍甚至長出了草。陽傘上的絲綢十分堅韌，但絲綢的線已在內部糾纏成團，上半部折疊的絲綢全都**發霉**腐朽，一經展開便破裂』。至於『周圍甚至長出了草』這一點，顯然只能從兩個小男孩的證詞中得知；因為這些物品在被第三者發現之前已經被他們取走並帶回家了。但是，在溫暖潮濕的天氣裡（正如謀殺發生時的氣候），草可能一天就能長高兩三英寸。一把陽傘放在新種植的草地上，可能在短短一週內就被迅速生長的草完全覆蓋，不再可見。至於《太陽報》編輯在這段文章中不斷強調『發霉』，他是否真的不太瞭解這種黴菌的特性？難道他不知道，這種黴菌是眾多不同類型中的一種，其最普遍的特點就是能在短短二十四小時內快速生長和腐敗？

「因此，我們一眼就可以看出，認為這些物品『這些物品明顯至少已被遺置在那裡三、四個星期之久』的觀點，從證據上來看，是毫無根據的。另一方面，很難相信這些物品能在那片樹叢中停留超過一週，即從一個星期日到下一個星期日的期間。熟悉巴黎附近地區的人都知道，除非遠離市區，否則很難找到不被人發現的隱蔽處，我們難以想像，在巴黎附近的樹林或樹叢中，會有未被探索或甚至很少有人造訪的地方。假設有一位熱愛大自然的人，因工作或其他原因被迫留在這個炎熱大都市的塵土和高溫之中，他試圖在周圍的自然景色中找到一些寧靜，但每當他踏入大自然，總會遇到流氓或酒鬼的嘈雜與干擾。他在樹蔭下尋找隱私，卻發現這些地方經常是城市中不良分子的聚集地，也許是被濫用和玷污的場所。這位尋求安寧的遊子感到極度沮喪，最終決定逃回城市，因為雖然城市污濁，但至少比那些地方更符合他的習慣。在安息日，城市附近的地區可能更加擁擠，因為那時人們擺脫了工作的束縛，有了更多自由時間。在這種情況下，一些城市中的流氓或不良分子可能會想要逃離城市的範圍，不是因為他們熱愛大自然，而是為了擺脫社會的約束和規範，他們渴望的不是新鮮空氣和綠樹，而是鄉村地帶的絕對自由，在這裡，在路邊的客棧或樹林的蔭下，他們可以無拘無束地沉湎於假裝的歡樂和狂歡，享受自由和蘭姆酒帶來的盡情放縱。我再次強調，我所提出的觀點是顯而易見的，任何一個不帶偏見的觀察者都應能理解這一點，即如果這些物品在城市附近的任何樹叢中超過一週的時間都未被發現，那麼這種情況幾乎可以被視為奇蹟。

「然而，我們也不能忽視另一種懷疑，即這些物品被放置於樹叢中可能是為了轉移人們對真正案發地點的注意力。首先，請讓我指出這些物品被發現的日期，將這一日期與我從報紙中摘錄的第五條摘錄的日期進行比對，您會發現，這些物品幾乎是在緊急通訊發送給晚報之後立刻被發現的。儘管這些通訊來源各不相同，但有一個共通點，那就是將大眾的目光引導至同一方向，使人們相信某個幫派即是侵犯案的嫌犯，並且將魯勒關口附近定位為案發地點。在此，我們當然不懷疑這些物品是在通訊或通訊引發大眾關切後才被那些男孩發現；相反地，我對此存有疑問的是，這些物品是否是在通訊發出當日或其前不久，由案件的嫌疑人自行放置於此。

「這片樹叢非常特殊——是一個非常特殊的地帶，樹木異常濃密，自然形成的圍牆內有三塊特殊的石頭，構成了一個有背靠和腳凳的座位。這片樹叢彷佛充滿了自然的藝術感，而且距離德盧克夫人的住所僅幾十公尺之遙，她的孩子們經常仔細檢查周圍的樹叢，尋找檫木的樹皮。如果我們賭一千對一，認為每天至少會有一個男孩在這個陰涼之地找到一個天然形成的座位，這個賭注會不會過於冒險？如果有人對這個賭注猶豫不決，那麼這些人要麼從未真正經歷過男孩的時期，要麼已經忘記了男孩的本性。我再次強調——很難理解這些物品如何能在樹叢中未被發現超過一兩天；因此，儘管《太陽報》顯示出一種無知的堅持，但仍有充分的理由懷疑這些物品是在較晚的時間點，被人放置在後來發現的地點。

「但還有其他更強有力的理由讓人相信那些物品是被刻意放置在那裡的，這些理由比他之前提出的還要有力。我要請您注意這些物品被擺放的方式非常人為也非常刻意：**上面**的石頭上擺著一條白色的襯裙；在**第二塊**上擺著一條絲巾；周圍散落著一把陽傘、手套和一條印有『瑪麗・羅傑』名字的手帕。這種擺放方式正是一個不太敏銳的人在試圖以自然方式處理這些物品時可能會做出的安排，但絕不是隨意遺留的，我寧願看到所有的東西都放在地上，被人重複踩踏。在這個如簿架般的空間內，若真有多人掙扎，那裙子和絲巾不太可能會保持在石頭上的位置。報紙上說，『到處都有掙扎的痕跡，地上有踐踏的痕跡，灌木遭到破壞，』但裙子和絲巾卻有如放在架子上一樣完好無缺。『裙子被樹叢勾住後撕裂的碎片大約三英寸寬，六英寸長，其中一部分是裙擺，曾經經過修補；另一塊不屬於裙擺部分，看似被撕成條帶狀。』這裡《太陽報》不經意地使用了一個非常可疑的詞語。如所描述，這些碎片確實『看似被撕成條帶狀』；但這是故意用手撕裂的。在一般情況下，衣物被荊棘勾住後「撕裂」是非常罕見的。根據布料的特性，如果荊棘或釘子纏繞其中，通常會造成兩個縱向的撕裂，這些撕裂會呈直角相交，在荊棘進入的地方相遇——很難將布料的一部分完全『撕裂』。在所有情況下，幾乎都需要兩種不同方向的力量才能從布料上撕下一塊碎片，如果布料有兩個邊緣——例如，如果那是一條手帕，且如果有人想從手帕中撕裂一條窄條帶，他可以從任意一邊開始撕裂，只有在這種情況下，單人的力量才有可能完成這個目的。但現在討論的是一件洋裝，只有一個邊緣，從洋裝的內部，即沒有邊緣的地方撕裂一塊布料，幾乎是不可能的，即使在衣物有邊緣的地方，也需要兩道荊棘在兩個不同方向上起作用，才可能撕裂衣物。這還是建立在衣物邊緣沒有被摺邊的假設之上。如果衣物邊緣有摺邊，那麼這種情況幾乎不可能發生。所以，透過單純的『荊棘』將布料『撕裂』的過程面臨著重大的障礙；然而，他們卻要我們相信不僅一塊，而且許多碎片都是這樣被撕裂的，而且這『一塊碎片』是『洋裝的裙擺』，而另一塊碎片是『裙子的一部分，而不是裙擺』——換言之，這塊裙子的碎片，似乎是從未摺邊的邊緣處被荊棘勾住，從而撕裂而出！從這些蛛絲馬跡來看，我認為對衣物碎片的撕裂方式和衣物被人放在樹叢中的情況抱有疑慮是情有可原，這些情況雖然令人生疑，但相比於凶手將物品遺留在樹叢中這更為令人震驚的事實，或許並不構成強烈的懷疑依據，尤其是考慮到凶手有足夠的謀劃將屍體移走的情況下，這一點尤其令人困惑。然而，若你以為我意在否認這片樹叢是案發現場，那就誤會了我的意圖。這裡或許發生了誤解，更有可能是在德盧克夫人家附近發生了一場不幸的事件，但事實上這並不是我們所關切的重點。我們追尋的不是案發地點，而是那名謀殺案的凶手。儘管我詳細闡述了這些觀點，但我的初衷首先是要揭示《太陽報》那些斷然且魯莽的聲明有多麼愚昧，更為重要的是，我希望透過最自然的方式引導讀者深入思考這個問題：這次的暗殺行動，是不是由某個幫派所為。

「暫且不談驗屍官在驗屍時所述那些讓人不悅的細節，讓我們專注於評價他關於謀殺案中涉及暴徒數量的推測，這些推斷在巴黎所有聲譽卓著的解剖學家看來，簡直是荒謬至極且毫無根據，實在值得一笑。這並非是說事情不可能如他所推測的那樣，而是根本沒有任何合理的理據來支持這種推測：難道沒有其他更合情合理的解釋來描繪案件的真相嗎？

「再來，讓我們重新審視那些所謂的『掙扎的痕跡』，這些痕跡究竟代表什麼。一個幫派？但這是否反而更可能凸顯出並無幫派的存在？一個弱小無助的女孩與假想中的暴徒之間能夠發生怎樣的搏鬥——足以進行如此激烈而持久的搏鬥，以至於在周圍留下了明顯的『痕跡』？只需幾隻粗糙之手便足以迅速且有效地制服受害者，使她完全陷入被動，無法對暴徒的攻擊做出任何有效的反抗。您必須記得，之前對於樹叢非案發現場的某些論點，主要基於多人共同犯下此一暴行的假設。若案件僅涉及一名侵犯者，那麼現場出現劇烈而持久的搏鬥痕跡便變得可信，在這種情況下，受害者可能與單一的攻擊者進行了頑強的抵抗，從而在現場留下了顯而易見的『痕跡』。

「我必須重申，關於在樹叢中發現的物品所引起的懷疑。這些物品作為犯罪證據，不太可能是無意中遺留在那裡的，凶手在犯罪後有足夠的冷靜和策略將屍體移走，卻留下了比屍體本身（其特徵可能因腐蝕而迅速消失）更明顯的證據——我所指的是那帶有死者名字的手帕。如果這種遺留證據的行為是一個意外，那很可能是單獨行兇者造成的，而非一個幫派所為。想像一下，一人犯下了謀殺，他孤獨地與死者的靈魂相伴，眼前動也不動的屍體令他驚恐，犯罪時的激情已經消逝，心中充斥著對殺戮的自然恐懼。他缺乏共犯在場時可能感到的那份自信，孤獨地與死者相伴，顫抖而困惑。然而，他必須處理屍體。他將屍體拖至河邊，卻留下了其他證物；因為一次帶走所有證據和屍體極其困難，甚至是不可能的，稍後回來取剩下的物品則顯得容易許多。當行兇者艱難地將屍體運至河邊時，他的恐懼感逐漸增強，途中傳來那些普通生活的聲響，他一遍又一遍地聽到或想像到行人的腳步聲，甚至連城市的燈光也讓他迷惘。但終於，經過長時間和多次因極度痛苦而停頓的艱難旅程，凶手最終抵達了河邊，處理了他所帶去的屍體——可能是借助船隻來完成。但現在，這個世界上還有什麼東西，無論是寶藏還是報復的威脅，能夠驅使這個孤獨的凶手再次走過這條艱險且危險的路徑，返回到那充滿血腥回憶的樹叢去？無論後果如何，他不會回來，他是不可能回來的，他唯一的念頭就是立即逃離，永遠地背棄那些可怕的樹叢，逃避即將來臨的眾怒。

「若是幫派所為，情況又將如何？人多自然帶來了自信；確實，這些無恥之徒從未缺乏過自信。所謂的幫派，不過是由一群惡棍組成，我的意思是，同夥的存在會減少單獨行兇者所感受到的困惑和恐慌。即使其中一個、兩個，甚至三個人犯了錯誤，其他人可以及時補救；假如一個、兩個，甚至三個人犯了失誤，第四個人會補救這個錯誤。他們不太可能留下任何證據或痕跡；因為人多勢眾，能夠一次性帶走屍體和物證，毋需再返回案發現場。

「請思考一下，在屍體發現時的外層衣物上，『有約一英尺寬的布條從裙擺撕裂至腰部，這條布條纏繞在腰間三圈，背後以某種方式固定。』這顯然是為了製作搬運屍體的把手，但有誰會想到使用這種方法呢？對於三、四個人而言，直接抓住屍體的四肢來搬運不僅更方便，也是更佳的選擇。因此，這種將衣物撕裂來製作搬運把手的做法，更似乎是單獨行兇者的想法；這令我們聯想到另一個重要的證據——『在樹叢和河流之間發現柵欄遭人拆除，地面上有拖曳重物的痕跡！』但若是多人作案，為何要費力拆除柵欄來拖拽屍體，而不是直接將屍體搬過柵欄？如果是多人犯案，會選擇如此拖曳屍體，留下明顯的痕跡嗎？

「在此必須提及《商業報》的一項觀察，對此我已有所評論，這家報紙稱，『這位不幸少女的裙子被撕下一段約兩英尺長、一英尺寬的布條，纏繞在她的頸下及頭後，似乎是用以防止她尖叫。這是那種沒帶手帕的人，才會做出的事。』

「我之前提到，真正的惡棍總會隨身攜帶手帕，但這並非我現在特別強調的重點。《商業報》所想像的用途並非是這條布條被使用的真正原因，從樹叢中留下的手帕便可見一斑，且這條布條並非用來『防止她尖叫』，而是因為當時的情況下，行兇者沒有選擇其他更適合的工具或方法。但證據中的描述將這條布條『布條纏繞在她脖子上鬆鬆垮垮地繫著，並用一個打得很緊的結固定。』這些描述模糊不清，與《商業報》提供的描述有顯著差異。這條布條的寬度為十八英寸，即使是紗布材料，當它被縱向折疊或皺起時，仍然可以形成一條堅固的帶子。當這條布條被發現時，正是處於這種皺起的狀態。我的推斷是，那個獨自行兇的凶手最初試圖用這條綳帶將屍體吊掛在腰部來搬運（不論是從樹叢還是其他地點），在搬運一段距離後，發現這樣做的重量對他而言太重，超出了他的力量所能承受的範圍，因此他決定改為拖曳屍體。為了拖曳屍體，凶手需要在屍體的某一端綁上類似繩索的東西，脖子是一個理想的綁縛點，因為頭部的存在可以防止繩索滑落。凶手無疑想到了繞在腰部的布條，但由於這條帶子已經纏繞在屍體上，且打了結使其難以使用，加上他意識到這條帶子並非是從衣物上『撕下來』的，他最終選擇了撕下裙子上的新條帶，因為這樣做更容易。他撕下受害者裙子的一部分，將其綁在受害者的脖子上，然後用這種方式拖曳屍體到河邊。這條臨時製作的『繃帶』是在一定的麻煩和延遲之後才製作出來的，且這條繃帶對於其被用來的目的來說並不是最佳選擇——繃帶的使用證明了在某個特定時刻，行兇者沒有能夠使用的手帕或其他更適合的工具——也就是說，屍體用布條拖曳的情況很可能是在離開樹叢（假定的案發地點）後，在通往河邊的路途中發生的。

「當然，你可能會指出德盧克夫人（！）的證詞特別提到，在謀殺發生的時候或其大概時期，樹叢附近出現了一個幫派。我承認這點，但我懷疑在悲劇發生的時期，在魯勒關口附近和周圍地區是否存在十幾個像德盧克夫人所描述的那種幫派。同時，我對德盧克夫人所提供的證據感到懷疑，這些證據來得稍晚且看似可疑。在此案中，有一個特定的幫派引起了公眾的特別關切和譴責，德盧克夫人描述這個幫派是一群在她旅店裡吃蛋糕和喝白蘭地卻不付款的人。德盧克夫人是一位誠實且謹慎的老婦人，她是否因為這種不公平的待遇而對這個幫派感到憤怒？

「但德盧克夫人的確切證詞又是什麼？『一幫粗魯的惡棍進入旅店，吃喝不付錢，之後沿著那對年輕男女先前的路線離開，傍晚時分又返回旅店，之後似乎急匆匆地再度過河。』

「德盧克夫人特別強調『急匆匆』這一點，或許她的匆忙是對那些白吃白喝她蛋糕和啤酒的人感到失望而悲傷——她可能仍抱有一絲微弱的期待，希望能得到補償，不然為何她會特別強調傍晚時的匆忙？即使是一群惡棍，在必須渡過一條寬闊的河流、天氣風雨欲來、夜幕即將降臨的情況下匆忙回家，也是合情合理的。

「我說是『即將』，是因為夜晚還未完全降臨，只有在黃昏時分，德盧克夫人才注意到這些『惡棍』的行為冒犯了她的眼睛。但我們知道，正是在這個晚上，德盧克夫人和她的大兒子聽到了『旅店附近傳來女性的尖叫聲。』德盧克夫人是如何描述她聽到尖叫聲的那個晚上？她說是『黑夜降臨後不久』，但『黑夜降臨後不久』至少意味著天已經黑了，而『黃昏時分』則肯定還是白天。因此，顯然這夥惡棍在德盧克夫人聽到（？）尖叫聲之前就已經離開了魯勒關口。儘管在各種證詞的報告中，上述相對的表達方式都被明確且一貫地使用，就像在這次對話中一樣，但直至目前為止，沒有任何公眾媒體或警方人員注意到此一明顯的矛盾。

「我只會再提出一個證明此案非幫派所為的論點，對我自己的理解而言，這一點具有無可抵賴的重要性。在提供了高額懸賞，且政府承諾對提供案件證詞的人完全豁免法律責任的情況下，很難想像一個幫派成員，尤其是底層惡棍，不會早早背叛他的同夥。在這種情況下，每個處於這種處境的幫派成員，不是出於貪圖賞金或渴望逍遙法外，而是害怕被背叛，他們會急於成為第一個告密者，以免自己遭到背叛。由於沒有人洩漏案件的真相，這表示案中內情確實是一個祕密，只有極少數人知道。這起陰暗行為的可怕之處僅有少數人了解真相，除了上帝之外，沒有其他人知道完整的細節。

「現在，讓我們總結一下長時間分析的結論，儘管不幸但證據確鑿，我們已經得出了一個想法：要麼是在德盧克夫人的屋簷下發生了致命的意外，要麼是在魯勒關口的樹林中，由瑪麗的情人，或至少是受害女性親密且祕密的伴侶所犯下了謀殺，這位伴侶膚色黝黑。考量到這種膚色、布條『以某種方式固定』，以及繫住帽帶的水手結，種種跡象都指向一名船員。他與受害女性的關係親密，但由於受害女性不是一個品行不端的年輕女孩，顯示他地位高於普通船員。報紙精心撰寫的報導和即時通訊在協助理解案情發揮了重要作用，《水星報》描述的第一次私奔事件，使人們開始懷疑這位船員與之前誘導女性私奔的『海軍軍官』之間，可能存在某種關聯。

「在此，我們也趁機探討那位膚色黝黑的男子，他為何神祕消失。在此，我要暫停一下，以說明這名男子的膚色特別深且黝黑，這不僅是普通的深膚色，而是瓦倫斯和德盧克夫人記憶中唯一的印象點，但為何這名男子會消失無蹤？難道他被幫派謀殺了嗎？若真如此，為何現場只有受害者留下的痕跡？若是針對這名男子和女孩的雙重謀殺案，案發現場應該是同一地點，那他的屍體又去了何處？若凶手以同樣的方式處置了兩具屍體，那麼另一具屍體的下落又是如何？另一種可能是，這名男子仍然活著，但因為害怕被控告謀殺而選擇隱匿不露面。這名男子可能因為擔心被誤認為謀殺案的主犯，所以選擇在事件發生後的較晚時期保持沉默或者躲藏起來——畢竟有證據顯示他曾與受害者瑪麗一起出現——然而在事件剛發生時，這樣的擔憂似乎並不適用，因為如果他是無辜的，他在事件發生時的第一反應應該是公開事件並協助辨識凶手，而非選擇逃避。常理來看，若此人曾與受害者一起被目擊，那麼在犯罪發生後，最明智的做法應是主動揭露凶手身分。即便是不太聰明的人也應該明白，揭露凶手是證明自己清白、擺脫任何嫌疑的直接且唯一的方法，因此我們無法假設在那個不幸的星期天晚上，他既是無辜又對所發生的犯罪一無所知，唯有在他還活著且選擇隱匿的情況下，我們才能想像他為何不願揭露凶手的身分。

「如何揭開真相的面紗呢？隨著時間的推移和更多資訊的收集，我們將找到愈來愈多的途徑來逼近真相。讓我們徹底梳理一下第一次私奔事件，深入了解那位『海軍軍官』的完整過去、目前的狀況及在案發當時的具體行蹤。讓我們仔細比對一下發送給晚報的各則通訊，看看它們是如何將犯罪推到某個幫派身上。之後，比較發送給晚報的通訊（這些通訊將罪行歸咎於一個幫派）與之前發送給早報的通訊（堅稱梅奈斯有罪）在風格和手稿方面的異同。完成這些之後，我們再次檢查是否有任何通訊與那位軍官的寫作風格和手稿相匹配。我們將透過詳細詢問德盧克夫人、她的兒子們，以及公車司機瓦倫斯來深入了解那位『膚色黝黑男子』的外貌和行為特徵。透過精心設計的問題，我們可以從目擊者或知情者那裡獲得關鍵（或其他）資訊——這些人可能連自己擁有對案件有用的資訊也不自知。讓我們現在追蹤那艘在六月二十三日星期一早上被駁船工撿到的小船，這艘小船在屍體被發現之前的某個時刻，在沒有舵的情況下，且在值班官員不知情的情況下被搬走了。有了適當的謹慎和毅力，我們必能追蹤到這艘船；不僅撿到船的駁船工能辨認得出，舵也已被找到，一艘帆船的舵不是一個心情輕鬆的人會隨意丟棄的物品。在此讓我提出一個問題來暗示一下，這艘船在被撿起後沒有經過公開廣告就被移走了，有人將船默默拖到駁船辦公室，同樣偷偷地移走。但船的主人或雇主——怎麼會在這麼早的一個週二早上，在沒有公告的情況下知道這艘船的確切位置，除非船的主人或雇主與海軍軍官有關聯——某種個人且長期的關聯，使他們對與船隻相關的細節和微小的利益有所了解——甚至包括那些不被廣泛關注的本地小道消息？

「當我們談及那位獨自行兇的凶手，拖著沉重的負擔來到岸邊時，我已暗示過他可能利用一艘船來搬運受害者瑪麗・羅傑的屍體。現在我們需理解的是，瑪麗是從船上被拋入水中的，這是一個自然而然的行為，她的屍體不可能被丟棄在淺水的岸邊。那些在她屍體背部和肩膀上的特殊痕跡，暗示她的遺體曾接觸過船底的龍骨。屍體被發現時並未附著任何重物，這通常是為了讓屍體沉入水底而採取的措施，若屍體是從岸邊拋下，通常會綁上重物。我們只能假設，凶手在划船前可能在慌亂中忘記了此一重要步驟，當將屍體扔進水中時，凶手必定意識到了自己的疏忽；但那時已無法挽救，因為他不可能冒著被發現的風險返回岸邊。成功將屍體拋入水後，凶手急忙離開現場，逃往城市，他可能選擇了一個隱蔽偏僻的碼頭上岸，以免被人發現。但關於那艘船——凶手是否將其固定好？在匆忙之下，他不太可能花時間將船固定在碼頭，因為這在他看來可能等同於留下犯罪證據，他的直覺會告訴他盡可能拋棄所有與犯罪相關的物品，因此凶手不僅會迅速逃離碼頭，也不太可能讓船隻留在那裡，而是選擇讓它漂流，以此掩蓋自己的罪行。讓我們繼續推理——到了隔日一早，當惡棍發現船隻被人撿起並留在他經常出沒的地方時，他感到極度恐慌——這裡可能是他因工作而經常需到訪的地點。凶手於第二天晚上回到碼頭，由於害怕引起懷疑，選擇不詢問舵的下落，而是直接將其移走。那艘沒有舵的船現在在哪裡呢？追蹤凶手的首要任務之一便是尋找那艘船，一旦找到這艘船，它將成為解開此案的關鍵，並可能迅速指向那個命運多舛的安息日深夜，到底是誰使用了這艘船，這艘船及其所處位置將成為串聯起案件證據的一環，逐步揭露凶手的身分。

（許多讀者顯然已經注意到，基於我們未具體說明的某些原因，我們選擇刪除了偵探杜邦追蹤一個看似微不足道的線索的過程。我們認為只需作簡要說明即可，但重要的是，杜邦所追求的結果最終實現了；警察局長儘管不情願，還是如期履行了他與騎士之間的協議。這是愛倫・坡先生文章的結尾部分。——編按㉒）

我所談及的僅僅是巧合，並不涉及任何超自然成分。我對這個主題的論述應足以表明我的觀點，我心中對於超自然現象並無任何信仰。自然與其上帝是截然不同的兩回事，這一點任何有思考能力的人都不會否認。上帝創造了自然世界，並且有能力隨意控制或改變它，這一點毫無疑問。我所謂的「隨意」，指的是這種控制基於意志的選擇，而非上帝缺乏能力，想像上帝需要修改祂所設定的自然法則，無疑是對上帝的不敬，因為這些法則在創造時已經考慮到未來所有可能發生的情況。對於上帝來說，過去、現在和未來是一體的，一切都是「現在」。

因此，我再次重申，我所談及的這些事件僅僅是巧合，從我所述的內容中可以看出，無論瑪麗・塞西莉亞・羅傑斯的命運如何（只要那命運是已知的），她和瑪麗・羅傑的命運在某一階段之前有著驚人的相似性，這種相似性在理性的考量下令人困惑。儘管存在這種平行性，但我在敘述瑪麗・羅傑的故事及其背後的神祕謎團時，並不打算將這種平行性擴展到更廣泛的含義，也未暗示若採用在巴黎尋找一名殺害女店員凶手的方法或類似推理，會導致相同的結果。

關於後一種假設，即在比較兩個案件時，即便是微小的差異也可能導致對案件進展的完全誤解，並從根本上改變兩起案件的進程；這就如同在數學中，一個表面不重要的小錯誤，經過連續乘法運算後，最終會導致與真實情況截然相反的結果。我們不應忘記，關於兩起案件存在平行關係的第一種假設，在考慮兩起案件平行性的延伸時，概率計算明確地排除了這種可能性——這種排除是相當明確的，當兩起案件間的相似處被精準描述時，我們應更堅信這些相似之處不會延伸到其他方面，也不應被用作預測其他事件的依據。這樣的論點，雖似與數學思維無關，但實則只有數學家才能完全理解其含義。例如，通常很難說服普通讀者接受這樣一個觀點：當一個人連續兩次擲骰子都得到六點時，有人可能會認為這是下一次不會再擲出六點的好理由，並因此提供高賠率賭注。然而，這樣的推測通常會被明智的思考立刻駁回，因為已經發生的兩次擲骰子結果，現在屬於過去，似乎不應該對只存在於未來的下一次擲骰子產生影響，在擲骰子的過程中，擲出六點的概率應該與在任何正常情況下擲出其他數字的概率一樣——換句話說，無論什麼時候投擲骰子，出現六點的機率都是固定的，只有在一連串丟骰子的過程中，前面的點數才可能會讓你對接下來會出現的點數產生不同的感覺或預期。當人們面對一些看似顯而易見的思考時，他們通常會以嘲諷的態度接受任何試圖反駁這些思考的嘗試，而不是以尊重的態度來對待。這裡提到的錯誤——即過於相信看似明顯的觀點而忽視深入分析的錯誤——是一個重大且具有誤導性的謬誤。

由於範圍和深度的限制，我在此無法詳細地揭露這個錯誤；然而對於哲學家而言，這種錯誤是顯而易見的，並不需要特別指出。在這裡，我們只需要指出，這種錯誤僅是理性在尋找具體細節中的真理時，所產生的眾多錯誤之一。

【註解——瑪麗・羅傑】

① 最初發表〈瑪麗・羅傑奇案〉這篇故事時，我們認為不需要附上現在的註腳；因為故事基於幾年前的一個真實案件，現認為有必要提供這些註腳，以透過這些註腳解釋背景資訊，使故事更易於理解。一位名叫瑪莉・塞西莉亞・羅傑斯的年輕女孩在紐約附近遭到謀殺，她的死引起了激烈且持久的關切，但繞著這起案件的謎團在本故事寫作和發表時（即一八四二年十一月）仍未破解。在這裡，作者以講述一位巴黎女工的命運為名，實際上是在詳細追蹤瑪麗・羅傑斯真實謀殺案的基本事實，只是在處理不太重要的事實方面進行了平行處理。故事中的虛構元素實際上可以應用於真實案件的調查，這是作者撰寫本文的主要目的。作者撰寫

〈瑪麗・羅傑奇案〉時並不在謀殺案的現場，而是在遠離現場的地方，他唯一的資訊來源是當地的報紙報導，儘管如此，若他當時親自去現場調查並參觀當地，可能會獲得一些其他資料，有助於解開案件的謎團。不妨記錄一下，後來有兩人（其中一人是故事中的德盧克夫人）在故事發表後的一段時間內發表自白，這兩人的自白提供了充分的證據，證明作者所得出的一般性結論以及這些結論所仰賴的主要假設細節都正確無誤。

② 馮・哈登貝格的筆名。

③ 拿索街（Nassau Stree）。

④ 安德森（Anderson）。

⑤ 哈德遜河（The Hudson）。

⑥ 威霍肯（Weehawken）。

⑦ 佩恩（Payne）。

⑧ 克羅梅林（Crommelin）。

⑨ 紐約《水星報》（*Mercury*）。

⑩ 紐約《強納森兄弟報》（*Brother Jonathan*），由H・黑斯廷・維爾德（H. Hastings Weld）編輯。

⑪ 紐約《商業貿易報》（*Journal of Commerce*）。

⑫ 費城《週六晚郵報》（*Saturday Evening Post*），由C・I・彼得森（C. I. Peterson）編輯。

⑬ 亞當（Adam）。

⑭ 參見〈莫爾格街凶殺案〉。

⑮ 紐約《商業廣告報》（*Commercial Advertiser*），由史東上校（Col. Stone）編輯。

⑯「當我們以某物體或主題的特性來決定其行動或發展路徑時，這可能會阻礙它達成原本設定的目標或宗旨。假如人們基於事物發生的原因來組織或分類各種主題，那麼他們可能不會再根據事物的實際結果或表現來評估它們，反而更關注事物產生的根本原因。當法律變成一門科學和一套完整體系時，每個國家的法律體制都會顯示出它不再僅僅代表正義。普遍法中存在的錯誤暗示著立法者必須採取措施，來恢復法律制度所失去的公平性。」——蘭多爾[4]。

⑰ 紐約《快報》（*Express*）。

⑱ 紐約《先驅報》（*Herald*）。

⑲ 紐約《信使與查詢報》（*Courier and Inquirer*）。

⑳ 梅奈斯是最初被懷疑和逮捕的兩名當事人之一，但因證據完全不足而被釋放。

㉑ 紐約《晚報》（*Evening Post*）。

㉒ 原始發表該文章的雜誌。

譯註4 Walter Savage Landor，十九世紀英國作家和詩人，以其散文、詩歌和文學評論而聞名，被認為是英國文學的重要人物之一，作品涵蓋了各種主題，包括政治、歷史和社會評論。

密碼推理的經典之作，普及解密文學的推手

1843

金甲蟲

我積極開挖，不時發現自己其實期待著能挖到幻想中的寶藏，而正是這個幻想，讓我不幸的同伴失去了理智。

喂！喂！這傢伙瘋狂地跳舞！
他被狼蛛咬傷了。

——《全盤皆錯》（*All in the Wrong*）

我在多年前結識了一位名叫威廉·勒格蘭的人，他來自一個古老的胡格諾派家族，這家族過去曾經顯赫，但接連的家門不幸使他生活陷入困境，為了逃離災禍帶來的屈辱，他離開先祖發跡的城市紐奧良，遷居至南卡羅來納州查爾斯頓一帶的蘇利文島。

蘇利文島是一個非常奇特的境域，全境幾乎由海沙組成，島長約三英里，最寬處不超過四分之一英里，與陸地之間只隔著一條不易察覺到的小溪，小溪從一片長滿蘆葦的泥濘荒野川流而過，成為沼澤雞偏愛的棲息地。可以想見這裡的植被很少，至少高度不高，目見所及沒有任何大型樹木。西端靠近莫爾特里堡壘處有一些破敗的木架建築，炎夏時分被想逃離查爾斯頓灰塵和熱病的人們所佔據，在那裡可以找到多刺的棕櫚樹；但整座島除了西端這個地方和海岸邊那排堅實的白色沙灘之外，都被甜香桃木的茂密叢林所覆蓋，英國園藝家非常珍愛這種植物，高達十五到二十英尺的甜香桃木形成難以穿越的叢林，亦使空氣中充滿芬芳的香氣。

勒格蘭在這片樹叢的最深處，距離島嶼東部和更遠端的不遠處建造了一間小屋，我因緣際會結識他的時候，他正住在那裡。我們很快發展出友誼，他避世的性格吸引了我，也贏得我的敬重，我發現他受過良好教育，智慧非凡，但染上厭世主義，總是陷入時而熱情，時而憂鬱的反常情緒。他帶來許多書，但很少閱讀，主要的消遣是打獵和釣魚，或者在海灘上漫步穿越香桃木叢林，尋找貝殼或昆蟲標本——他收藏的昆蟲標本可能連斯瓦默丹都羨慕。他在短程旅行途中通常有一位名叫朱比特的老黑奴隨侍在側，這名老奴在他家道中落前已經重獲自由，但不論如何威脅或許下承諾，都無法說服他放棄跟隨在「威爾小主人」左右的權利，勒格蘭的親人可能認為他的心智有些不穩定，因此有意灌輸朱比特忠實的態度，以便監管並保護他浪跡天下的主人。

蘇利文島所處的緯度在冬天很少出現嚴寒天氣，秋天時分幾乎無需生火，但在十九世紀某一年的十月中旬確實出現了一日天氣非常寒冷。我在日落前穿越常綠樹林來到我朋友屋前，我已好幾星期沒有拜訪他，因為當時我住在查爾斯頓，距離島上有九英里路程，當年的往返交通遠不及現在這麼便利。到了小屋我習慣性敲了敲門卻沒有回應，我知道鑰匙藏在什麼地方，於是打開門逕自走進屋，壁爐上正在燃燒著熊熊火焰，生火真是少見之舉，但並沒有令我不適，我脫下大衣坐在爐邊的扶手椅上，耐心等待著主人歸來。

天色暗下後不久他們返家，兩人給予我熱情的歡迎，朱比特堆著滿臉笑容，忙著準備沼澤雞當晚餐，勒格蘭則處於某種精神狀態，該如何形容這種狀態呢？

彷彿是陷入狂熱。他找到一種未知的雙殼貝，屬於新的屬，更重要的是他在朱比特的協助下捕捉到一隻**甲蟲**，他相信這是全新的品種，但關於這項推測，他希望我能在明天給他意見。

「為什麼不讓我在今晚看？」我問道，一邊在火光前搓著雙手，心中希望那群甲蟲全下地獄。

「啊，我要是早知道你在這裡就好了！」勒格蘭說，「可是我們已經好久沒見面；我怎麼料得到你偏偏選了今晚來訪？我在回家路上遇到堡壘的G中尉，我太愚蠢了，居然把那隻甲蟲借給他，所以你得等到明天才能看到甲蟲。今晚就睡這裡吧，我會在日出時派朱比特去把甲蟲拿回來，那真是這世間最美麗的風景！」

「什麼？——你是指日出？」

「胡扯！不是！——是那隻甲蟲，其表面呈現明亮的金色，大約是一顆大山核桃大小，背部的一端有兩個墨黑色的斑點，另一端則有一個稍長的斑點，觸角是——」

「這蟲子不是錫的，威爾小主人，我一直這樣告訴你，」朱比特打斷道；「這甲蟲是黃金蟲，實心的，全身都是，從裡到外，除了翅膀以外——我這輩子從沒抓過這麼重的甲蟲。」

「假設是這樣好了，朱比特，」勒格蘭回答。這件事沒那麼嚴肅，但他的語氣聽起來卻過分認真，「這也不是你把鳥給燒了的理由吧？那蟲子的顏色——」他轉向我說，「可能足以證明朱比特的想法，沒有東西能像這隻蟲一樣散發出如此明亮的金屬光澤，但這點就留待明天再讓你評判了，不過在此之前，我可以讓你先對牠的形狀有點概念。」他說著坐到一張小桌旁，桌上有一支筆和墨水，但沒有紙，他想到抽屜裡找紙，但沒找到。

「沒關係，」他終於說，「這樣吧。」他從背心口袋裡掏出一張標準尺寸的紙張，看起來非常髒，然後用筆在上面畫出概略的圖案，他畫圖的時候我依然坐在爐火邊，因為還有點冷。他畫完沒站起來就把圖遞給了我，我接過紙時耳邊聽見大聲的嗥叫，門上也傳來刮擦聲。朱比特打開門，勒格蘭養的一隻大型紐芬蘭犬衝了進來，跳上我的肩膀對著我熱情撒嬌；想必是因為我上次來訪時對牠非常照顧。等到狗冷靜下來，我看了看那張紙，老實說我對朋友所描繪的圖案感到有些困惑。

「嗯！」我沉思了半晌後說道，「這**是**一隻奇異的金甲蟲，我必須承認：對我而言很陌生，是一種前所未見的全新生物——比較接近骷髏形紋或者死亡之首——不像**我**觀察過的其他生物。」

「死亡之首！」勒格蘭回應道。「噢——對——嗯，從紙上面的圖看來確實像這種外觀，上面兩個黑點看起來像眼睛對吧？底部那個長形黑點像一張嘴——然後整個形狀是橢圓形的。」

「也許是吧，」我說，「但是，勒格蘭，我擔心你的專長不在繪畫，所以必須等我親眼看到甲蟲，才能針對牠的外觀說出個看法。」

「嗯，我不知道，」他有些惱怒地說，「我畫得還可以吧——我至少該畫出像樣的圖——畢竟曾受過良師教導，我自認還不算是個笨蛋。」

「但是，我親愛的朋友，你是在開玩笑吧？」我說，「這是非常明確的骷髏形紋——事實上，如果根據對這類生理學標本的通俗看法來判斷，我可以說這是非常出色的骷髏形紋——如果你的金甲蟲外觀看起來是這樣，牠必定是全世界最奇異的金甲蟲，那何不利用這種怪異的甲蟲來創造一個激動人心的超自然傳說呢？你會幫這種蟲取一個像是人面金甲蟲之類的名字吧——自然界中有許多類似名稱，但你剛剛提到的觸角在哪？」

「觸角！」勒格蘭說，他對這個話題抱有異乎尋常的熱情，「你一定有看到那個觸角，我把觸角畫得就像那隻蟲一樣逼真，我認為那應該足以說明一切了。」

「好吧，好吧，」我說，「也許你是畫得夠逼真——但我還是沒親眼看到那蟲子。」我沒再多說什麼，就將紙遞給了他，不想觸怒他的情緒；但事態的轉變讓我非常驚訝；他陰晴不定的情緒讓我難以理解——至於金甲蟲圖畫上明顯看不到任何觸角，整體畫面確實與普通的死亡之首非常相似。」

他生氣地接過那張紙，似乎打算把畫揉成一團扔進火中，但他隨便看了那張紙一眼後，圖案似乎突然吸引了他的注意，他的面色瞬間一陣紅一陣白，有好一陣子，他一直坐在原地仔細檢視那幅圖畫，最後他站起來，從桌上拿了一根蠟燭，走到房間最遠的角落，坐在一個水手用的儲物箱上，他在箱子上滿懷焦慮地檢查了那張紙；把紙張轉來轉去。他雖一言不發，行為卻讓我非常詫異；但我知道不妄自評論才是明智之舉，以免激化他愈來愈糟的異常情緒。過了不久，他從外套口袋裡掏出一個皮夾，仔細將紙張放進去之後，將皮夾和紙一起放進書桌後上鎖。他的行為舉止變得更加冷靜沉著；但原本興致勃勃的態度已經消失無蹤，但他似乎不是生氣，而是心不在焉。隨著夜色推移，他愈來愈陷入沉思，無論我怎麼嘗試都無法打破他的冥想狀態。我原本打算像過去一樣留在小屋過夜，但是看到主人心情如此，想來告辭才是合理之舉。他沒有強求我留下，但我離開時，他比平時更加熱情地握著我的手。

經過大約一個月（在這段期間我從未見過勒格蘭），我人在查爾斯頓，朱比特前來拜訪，我從未見過這位老實人看起來如此失落，我擔心朋友是否遭遇不測。

「朱比，」我說，「發生了什麼事？你主人怎麼了？」

「老實說，老爺，他可能不太好。」

「不太好？聽到這個消息真是太令我難過了，他有抱怨身體有什麼不適嗎？」

「唔，問題就在這裡！他沒有抱怨什麼，但整天都非常不舒服。」

「**非常**不舒服，朱比特！——為什麼你沒馬上告訴我呢？他臥病在床嗎？」

「不，沒有，他沒躺在床上，這正是問題所在，我很擔心可憐的威爾主人。」

「朱比特，我想弄清楚你在說什麼，你說你主人生病了，他沒告訴你他怎麼了嗎？」

「老爺，這不值得你生氣，威爾主人什麼也沒說，他說他沒事——但他為什麼看起來會那樣，為什麼要低著頭，肩膀緊繃，臉色蒼白？而且他一直帶著一根虹吸管——」

「帶著什麼，朱比特？」

「帶著一根虹吸管，還在一個板子上寫下一些奇怪的數字，是我見過的最奇怪的數字，我愈來愈害怕，我告訴你，我必須小心翼翼盯著他。有天我讓他在日出之前溜掉了，整整一天都沒看見人，我準備一根大棒子，打算等他回來好好揍他一頓，但是我是個傻瓜，我沒勇氣——他看起來好痛苦。」

「呃？——什麼？——啊，沒錯！——總之，你最好不要對那可憐的傢伙太嚴格——不要打他，朱比特——他無法承受這種折磨——但你能不能想想是什麼事情引發了他生病，或者說是行為上的改變？自我見到你那天以來，有發生過什麼不好的事嗎？」

「不，老爺，自那天以後沒有發生過什麼不好的事——我擔心是那天之前發生的事——你來找我們之前的那天。」

「什麼？這話什麼意思？」

「老爺，我現在說的是那蟲子。」

「什麼？」

「蟲子——我很確定威爾主人的頭有什麼地方被那隻金甲蟲咬了。」

「你這看法有什麼根據嗎，朱比特？」

「老爺，看那蟲子的爪子和嘴就知道了，我從沒見過這麼可惡的蟲子——一接近它就又踢又咬，所以威爾主人抓住蟲子之後不得不放牠走，我告訴你——那時候他一定是被咬了。我討厭這蟲子的嘴，所以不想用手去抓，但我找了一張紙來抓蟲子，我把蟲子包在紙上，把一塊紙塞進牠嘴巴——這麼做就對了。」

「所以你以為主人真的被這隻甲蟲咬了，而這一咬讓他生病了？」

「不是我以為，我就是知道，如果他沒被咬到，為什麼會一直夢見那隻金甲蟲呢？我之前就聽說過這種金甲蟲了。」

「但你怎麼知道他夢到金甲蟲？」

「我怎麼知道？因為他說夢話的時候說到金甲蟲——我就是這樣知道的。」

「好吧，朱比特，也許你說得對；不過，是什麼幸運的巧合，讓我今天能夠迎接你大駕光臨呢？」

「怎麼了，老爺？」

「勒格蘭主人有託你轉達什麼話嗎？」

「沒有，老爺，我帶來了這封信；」朱比特遞給我一封信，內容如下：

親愛的好友——為什麼這麼久沒見到你？我希望你不是因為我的**粗率**態度而受到冒犯；但不，這是不可能的。自從我見到你之後，心裡一直非常焦躁擔憂，我有些事想告訴你，但不太知道怎麼開口，也不知道是否該告訴你。

這些日子以來，我身體狀況不太好，可憐的老朱比特，雖然出自好意，但他的噓寒問暖幾乎快把我逼瘋了，你相信嗎？——前幾天他竟然找來一大根棍子要責打我，**只是**因為我偷溜出去，獨自在陸地的山區待了一天。我真**心**覺得是因為我看起來病懨懨的，才沒有挨一頓棍子。

自上次見面以來，收藏沒有增加。

如果你可以且方便的話，請盡量偕同朱比特過來一趟，**請一定**要來，我希望今**晚**能見你一面，有件重要的事要與你商量，我向你保證這是一件**極為**要緊的事。

你永遠的好友，
威廉・勒格蘭

這封信的語氣讓我深感不安，整體說話的方式與勒格蘭截然不同，他到底在想些什麼？他那混亂多變的腦裡出現了什麼新奇怪異的想法？是什麼「極為要緊的事」需要處理？根據朱比特對他的描述，他的狀況並不樂觀，我擔心連續的不幸事件最終使我朋友的神智搖搖欲墜，因此我毫不猶豫，準備與這位黑人一起出發。

抵達碼頭後，我注意到一把鐮刀和三把鏟子，顯然都是新的，全放在我們要搭乘的小船底部。

「這是怎麼回事，朱比特？」我問道。

「鐮刀和鏟子，老爺。」

「沒錯；但這些東西放在這裡做什麼？」

「這些鐮刀和鏟子是威爾主人要我替他到城裡買的，我為了買這些東西花了一大筆錢。」

「這麼神祕，但你們家『威爾主人』要鐮刀和鏟子做什麼？」

「那我就不知道了，我相信他自己也不太清楚，但這都與那蟲子有關。」

我發現從朱比特身上問不出個所以然，他整個思維似乎都被「那蟲子」吸引住了。於是我走進小船，張開帆，伴著一股穩定強勁的海風，我們很快駛進莫爾特里堡壘北部的小海灣，又走了大約兩英里路程，才來到小屋前。我們抵達時已經是下午三點左右，勒格蘭一直殷切等待我們到來，他緊緊握住我的手，流露出一種神經質的熱情，使我感到驚懼不安，也加深了原有的疑慮。他的臉色蒼白到駭人，深陷的眼睛閃爍著不正常的光彩。我先詢問了一些有關他健康狀況方面的問題，雖不知該如何開口，但我接著問他是否已經從G中尉那裡拿回**金甲蟲**——。

「噢，是的，」他回答，臉上一時面紅耳赤，「我隔天早上就從他那裡拿回來了，什麼都不能阻止我拿到那隻**金甲蟲**，你知道朱比特說對了嗎？」

「哪方面說對了？」我問，心中充滿了憂慮。

「我認為那隻蟲，是貨真價實的**金甲蟲**。」他以一種深沉的嚴肅語氣說道，

我無法形容自己有多震驚。

「這隻蟲會讓我發大財，」他帶著勝利的微笑繼續說道，「能使我拿回家產，我會如此珍視這隻蟲，有什麼好大驚小怪？既然命運決定賜予我這個寶

貝，我只要好好運用，甲蟲就能帶我找到金山銀山。朱比特，把那隻**金甲蟲**給我拿來！」

「什麼！蟲，主人？我可不想去招惹那隻蟲，您最好親自去拿。」於是勒格蘭帶著一種嚴肅莊嚴的態度站起身，從一個玻璃盒中拿出甲蟲。那是一隻美麗的甲蟲，對當時的自然學家來說還是一個未知的物種——當然在科學觀點上，這蟲子確實是無價之寶。蟲子靠近背部的一端有兩個圓形黑點，另一端則長了一個長形的黑點，非常堅硬的外殼閃耀著光澤，外觀看起來就像是擦亮的黃金，昆蟲的重量很沉。綜合上述所有因素，朱比特對蟲子看法無可指謫；但勒格蘭竟也同意這種看法，我就無論如何也無法理解了。

「我找你來，」我一檢查完這隻甲蟲，他便以一種浮誇的口吻說道，「我找你來是為了得到你的建議和幫助，進一步實現命運和這隻蟲——」

「親愛的勒格蘭，」我打斷他的話，「你顯然不太舒服，為了怕有什麼萬一，你應該去睡一覺，我會陪伴你幾天，直到你康復。你現在發燒了，而且──」

「摸摸我的脈搏，」他說。

我摸了，老實說，根本沒有絲毫發燒的跡象。

「但你可能生病了，只是沒有發燒，這一次請容我發號施令吧，首先，去睡覺，接著──」

「你誤會了，」他打斷我的話，「在這麼激動的情緒下，我已經盡其所能保持良好的身體狀況了，如果你真的希望我康復，應該幫我緩解激動的情緒。」

「要怎麼做呢？」

「非常簡單，朱比特和我即將前往內陸山區進行一次遠征，這次遠征需要一個足堪信任的人來幫助我們，而你是我們唯一信任的人。無論成功與否，你現在看到的激動情緒都會平息下來。」

「什麼方式都好，我很想幫你。」我回答，「但據你的意思，是不是這隻該死的甲蟲與你們前往山區的遠征有什麼關聯？」

「是有關聯。」

「那麼，勒格蘭，我無法參與這種荒謬的行動。」

「我很抱歉——非常抱歉——我們不得不親自走一趟。」

「不得不親自走一趟！你這個人肯定是瘋了！——但等等！你們打算去多久？」

「可能要一整晚，我們會立即出發，最晚會在日出之前回來。」

「你能否憑藉你的誠信向我保證，一旦你的怪念頭結束，還有那蟲子的事情（天啊！）得到滿意解決後，你會回家並完全遵照我的指示，就像遵循醫生的建議一樣？」

「會的；我保證；我們出發吧，因為沒有時間可浪費。」

我帶著沉重的心情與朋友一起出發，我們大約在下午四點左右出發——勒格蘭、朱比特、那隻狗，還有我。朱比特帶著一把大鐮刀和幾把鏟子——他堅持要自己搬運所有工具——似乎是因為害怕讓主人接觸到這些工具，而不是因為特別勤勞或者想取悅主人。他的態度非常執拗，整段旅途中唯一脫口而出的話就是「那該死的蟲」。至於我則負責提著兩盞燈，而勒格蘭只要能帶著這隻甲蟲就心滿意足了，他將蟲子繫在一根鞭繩的末端，走路時的神態就像個魔術師，將甲蟲來回轉動。我注意到我朋友精神狀態異常的跡象，幾乎忍不住落淚，但至少在目前，或者在採取更有機會成功的措施之前，我認為最好暫時遷就他的幻想。與此同時，我努力想了解遠征的目的但無濟於事，成功說服我陪同前往之後，他似乎不願意就任何較不重要的話題進行談話，不論我提出任何問題，他只拋出「等一下就知道了！」這個答案。

我們乘坐小船從島嶼的頂端穿越小溪，登上海岸的高地，朝著西北方前行，穿越一片極其原始的荒蕪土地，沒有人跡可循。勒格蘭果斷帶路，只在途中偶爾稍作停頓，目的似乎是為了要查看自己之前設下的路標。

我們以這種方式前進，走了大約兩小時，在夕陽西下之際，我們走進一處前所未見的荒涼地區，這裡類似台地地形，位於一座幾乎無法到達的山巔附近，這

座山從山腳到山頂全濃密覆蓋著樹木，上頭散佈著巨大的岩石，這些岩石看似鬆散地矗立在地上，有許多僅是因為倚靠的樹木支撐住，才沒有滾落到下方的山谷中，不同方向的深谷為整個場景增添了嚴肅莊嚴的氛圍。

我們爬上這座天然台地，上頭長滿了荊棘灌木，這些灌木讓我們很快發現如果沒帶鐮刀，幾乎是寸步難行。朱比特遵照主人的指示，開始為我們清出一條道路，這條路通往一棵高高聳立的鬱金香樹。這棵樹與八到十棵橡樹一起生長在這處台地，但它的美遠勝所有橡樹，無論是樹葉和樹形的美麗、廣闊伸展的樹枝，還是整體外觀上的莊嚴，都遠勝我見過的所有樹木。我們走到樹旁，勒格蘭轉頭看向朱比特，問他爬不爬得上去。老黑人聞言顯得有些猶豫，等了一段時間沒有回答，最後他才走近巨大的樹幹，緩緩繞著樹走了一圈並仔細檢查，檢查過後他只說：

「可以，主人，沒有朱比爬不上去的樹。」

「那你就趕緊爬上去吧，因為天就快黑，天一黑就看不清楚眼下的動作了。」

「主人，我該爬多高？」朱比特問道。

「先爬上主幹，然後我會告訴你往哪個方向爬——等等！你得拿著這隻甲蟲。」

「這隻蟲，威爾主人！這隻金甲蟲！」黑人在驚愕中退後一步——「為什麼要把這隻蟲帶上樹？該死，我才不要！」

「朱比，一個像你這樣強壯的黑人，如果連抓一隻無害的小蟲都害怕，可以把蟲子綁在繩子上，然後把蟲子帶上去，但如果你不願意這麼做，就是逼我用這把鏟子敲破你腦袋。」

「你這是怎麼了，主人？」朱比說著，顯然是因為羞愧而同意了主人的要求，「老想找我這個老黑人吵架，我其實只是開開玩笑，我會怕那隻蟲！我怎麼可能會在意那隻蟲？」他小心翼翼抓住繩子的尾端，在盡量避免蟲子近身的情況下準備爬樹。

鬱金香樹學名為 *Liriodendron Tulipferum*，是美國最壯麗的森林樹種之一，在樹齡尚還年輕的階段樹幹特別光滑，通常在沒有側枝的情況下能夠生長到很高的高度；但到了成熟階段，樹皮會變得粗糙不平，樹幹上也會長出許多短枝，因此目前看起來比實際上難以攀爬。朱比特用雙臂和雙膝緊貼這根巨大的圓柱，用手抓住一些凸起的部位，用裸露的腳趾踩在其他凸起物上，經歷一兩次幾乎掉落的危險片刻後，最後終於扭動著身體爬上第一個分支處。他似乎以為整個任務已經完成，事實上爬樹最危險的階段已經過去，雖然爬樹的人距離地面大約仍有六十或七十英尺。

「現在該往哪裡爬，威爾主人？」他問。

「沿著最粗的那根樹枝爬——這邊那一根，」勒格蘭說。黑奴迅速遵循他的指示，似乎毫不費力地持續向上爬，直到他粗壯的身影被周遭包圍的茂密樹葉遮蓋住，消失在我們的視線之中。過了不久，空氣中隱約傳來他呼喊的聲音。

「還要再爬多高？」

「你爬多高了?」勒格蘭問道。

「爬很高了,」黑奴回答;「我從樹頂可以看到天空。」

「別管天空了,聽我說,往下看樹幹,數一下下面有多少根樹枝,你剛剛爬過幾根樹枝?」

「一根、兩根、三根、四根、五根——我已經爬過五根大樹枝了,主人,從這邊。」

「那就再往上爬一根樹枝。」

不久後又傳來聲音,他宣布自己已經爬上第七根樹枝。

「好,朱比特,」勒格蘭的語氣非常興奮,「我要你盡量爬到那根樹枝上,如果看到不尋常的東西就告訴我。」我可憐的朋友;到了這個關頭,我對他是否發瘋的疑慮終於消失,別無二想,只能斷定他精神失常。我開始認真擔心該怎麼把他送回家,正當煩惱著該如何著手時,耳邊又聽見朱比特的聲音。

「太危險了,這根樹枝我不敢爬太遠,整根幾乎都是枯枝。」

「朱比特，你說這是一根乾枯的樹枝是嗎？」勒格蘭用顫抖的聲音問道。

「是的，主人，枯死了，完全死透，一點生命都沒有。」

「天哪！我該怎麼辦？」勒格蘭似乎顯得痛苦不堪。

「怎麼辦？」我趁機插嘴，「何不回家上床睡覺，好了！——好傢伙，時間不早了，而且你還記得自己保證過的事吧。」

「朱比特，」他完全不理會我，大聲喊道，「你聽得見我說的話嗎？」

「是的，威爾主人，聽得一清二楚。」

「好，你用你的刀好好檢查這根木頭，看看枯到什麼程度。」

「主人，這根樹枝有點乾枯，這點是真的，」幾秒鐘後黑人回答，「但還沒有到枯死的地步，我可以自己一個人稍微冒個險走到枝梢，沒問題。」

「自己一個人！——你這是什麼意思？」

「我的意思是那隻蟲，這是一隻**非常重**的大蟲子，我先把牠放下去，這樣樹枝只承受一個人的重量，就不會斷裂。」

「你這個該死的壞蛋！」勒格蘭的擔憂似乎大大減輕，「你這是什麼意思？要是你扔下那隻甲蟲，我會把你的脖子扭斷，你聽著，朱比特，你聽懂我意思了嗎？」

「懂，主人，沒必要這樣對著可憐的黑人大吼大叫。」

「好！現在聽好！——如果你在安全的前提下，冒險走向枝梢且不放掉那隻甲蟲，你下來之後我會給你一枚銀幣做為賞賜。」

「我會去的，威爾主人——一定會，」黑人毅然爽快地回答，「我已經走到枝梢了。」

「**走到枝梢！**」勒格蘭近乎尖叫地大聲說道，「你說你已經走到那根樹枝的末端了？」

「快到末端了，主人——噢！我的老天啊！樹上這是個什麼東西？」

「好了！」勒格蘭興高采烈地喊道，「是什麼？」

「沒別的，只是一顆頭骨——有人把頭顱給留在樹上，烏鴉把所有的肉都吃光了。」

「頭骨？你說什麼！——好吧——它是怎麼固定在樹枝上的？——是用什麼方式固定頭骨的？」

「了解，主人；我來看看。我得說這真的是非常奇怪——有一根很大的釘子，用來把頭骨固定在樹上。」

「好吧，朱比特，按我說的做——你有在聽嗎？」

「有，主人。」

「專心聽好了，找到頭骨的左眼。」

「嗯！喔！這下好了！為什麼沒有眼睛留下呢？」

「該死，你真是笨！你分得出來右手和左手吧？」

「分得出來，我知道——我知道左邊和右邊——我用左手砍木頭。」

「當然！你是左撇子；你的左眼跟左手在同一側。好了，我想你現在應該可以找到頭骨的左眼，或者曾經長了左眼的地方。找到了嗎？」

此時出現冗長的停頓，最後，黑人問道，

「頭骨的左眼是不是跟與頭骨的左手在同一側呢？——因為頭骨根本沒有手——沒關係！我找到左眼了——這是左眼！我該怎麼做？」

「讓甲蟲穿過左眼降落，把繩子放得愈長愈好，但要小心，不要放手讓繩子掉落。」

「你交代的步驟都完成了，威爾主人；把甲蟲從洞穿過去很容易——小心別讓蟲子掉到地上！」

在這段對話過程中，我們看不見朱比特身體的任何部位；但他降下甲蟲後，我們可以看見甲蟲就在繩子的末端閃閃發光，彷彿一顆磨光的金球，依然隱約映照出我們所站立高地上的最後一縷夕陽。甲蟲高高懸掛在空中，周圍沒有任何樹枝，如果任甲蟲掉落，牠會落在我們的腳下。勒格蘭立刻舉起鐮刀清理出一個直徑約三到四碼的圓形範圍，位置就在蟲子下方，完成後立即命令朱比特放開繩子並從樹上爬下。

我的朋友將一根釘子精準敲入地面，位置正好在甲蟲落下的位置，然後從口袋裡拿出一把捲尺，將捲尺的一端固定在樹幹上離釘子最近的地方，展開捲尺延伸到釘子，接著從樹和釘子兩個點連起來的方向進一步延伸五十英尺的距離，而朱比特則負責用鐮刀清理荊棘。他們在這個位置打入第二根釘子，並以此點為圓心，粗略畫出一個直徑約四英尺的圓形範圍。勒格蘭自己拾起一把鏟子，交給朱比特一把，還遞給我一把，同時請我們儘快開始挖掘。

坦白說我從來都不太喜歡這種餘興節目，在那當下我更加不情願了；因為夜晚即將降臨，而這趟旅途已經讓我感到十分疲憊；但我找不到理由離開，也害怕拒絕我可憐的朋友會干擾他精神狀態的穩定。如果確定朱比特願意站在我這一邊，我會毫不猶豫嘗試用蠻力把這瘋子扭送回家；但我太了解這個老黑奴的個性，我並不指望他會幫助我，尤其是在與他主人作對的情況下。我毫不懷疑他主人已經受到南方迷信中關於寶藏傳說的影響，而他的幻想可能因為發現那隻**金甲蟲**，或者因為朱比特堅信牠是「黃金蟲」而得到證實。容易精神錯亂的人很容易被這些說法引導——尤其當這些說法與他偏向的先入之見相吻合時——接著我想起這可憐的傢伙曾說過甲蟲能帶他找到「金山銀山」。這一切都讓我感到更加擔憂困惑，但最終我決定既來之則安之——不如用積極的心態開始挖掘，這樣可以盡快用實際的挖掘工作來說服對方，讓他親眼見證自己所持的觀點是大錯特錯。

提燈已點燃，我們全都開始埋頭挖掘，我們表現出的熱情和投入應該用在更有建設性的事物上；當光線照亮我們的身影和工具，我不禁幻想這畫面有多麼美麗，如果有人偶然發現我們的行蹤，這個行為會顯得多麼奇怪和可疑。

我們穩穩挖了兩個小時，幾乎沒有人說話；我們最大的困擾是狗吠聲，這隻狗對我們的行動表現出極大的興趣，最後狗吠變得很大聲，我們愈來愈擔心狗可能會引起附近一些遊蕩者的警覺心——確切來說，擔心的人是勒格蘭；至於我，任何干擾只要能讓我把這個喪心病狂的人帶回家，我都會樂見其成。最終是朱比特採取有效的方式讓狗閉上嘴，他帶著沉著冷靜的神情走出坑洞，用一條吊帶把狗的嘴捆住後發出緊張的笑聲，然後回到挖掘工作當中。

之前約定好的時間過去，挖掘的深度已經達到五英尺，仍然沒有發現寶藏的蹤跡，此時他突然停止動作，我開始希望這齣鬧劇已經結束，雖然勒格蘭明顯表現出挫敗的神情，但他仔細擦擦額頭後又重新投入挖掘。我們的挖掘工作就在這直徑四英尺的圓形範圍內，現在我們稍微擴大範圍，挖掘的深度已經達到兩英尺，仍然一無所獲。我真心同情那個淘金人，他最終從坑中爬了出來，臉上每個部位都烙印著最苦澀的失望，他緩慢且不情願地穿上他開始挖掘時脫掉的外套。此時我一言不發，朱比特收到主人的信號後也開始收拾工具，工具收拾完畢，狗也解開了嘴巴，一行人默默無聲地踏上歸途。

我們朝此方向走了大約十幾步，勒格蘭大聲咒罵著走向朱比特，掐住他的衣領，黑奴在驚訝中睜大了眼睛和嘴巴，鏟子掉落在地上，他雙膝一跪。

「你這個壞東西，」勒格蘭咬牙切齒，一個字一個字嘶聲說道，「你這個該死的黑鬼！——說，我要你說！——馬上回答我，不要給我模稜兩可的答案！——哪個——哪個是你的左眼？」

「噢，我的天啊，威爾主人！這不就是我的左眼嗎？」驚恐的朱比特在大吼大叫之際，將手放在右眼上緊緊壓住，彷彿害怕主人要傷害他的眼睛。

「我想得沒錯！我就知道！太好了！」勒格蘭大聲叫喊著放開黑奴，做出一系列旋轉跳躍的動作。此舉讓他的僕人非常吃驚，他從跪姿站起身，目瞪口呆地看著他的主人，看向我，又看向他的主人。

「來吧！我們得回去，」主人說，「遊戲還沒結束；」他再次帶領我們回到鬱金香樹。

「朱比特，」我們走到樹底時他說，「過來！頭骨是臉朝外釘在樹枝上，還是臉朝樹枝釘在上面？」

「主人，頭骨是臉朝外的，這樣烏鴉才會那麼容易吃掉眼睛。」

「好吧，那麼，你是從這隻眼睛還是那隻眼睛把甲蟲放下來的呢？」——勒格蘭觸摸朱比特的兩隻眼睛。

「是這隻眼睛，主人——左眼——照您交代的，」但黑奴指的是他的右眼。

「很好，我們得再試一次。」

在此我見證了朋友的瘋狂，或者說我自認為他已經瘋了，但在他的瘋狂之中卻隱約透露出某種方法。他移動標記金甲蟲落下位置的釘子，移到原來位置西邊約三英寸處，接著拿起捲尺，像稍早那樣從樹幹最近的地方拉到釘子，直線延伸五十英尺的距離後標出一個點，這個位置離我們之前挖掘的地點有數碼的距離。

他在新的位置周圍畫出一個比先前略大的圓，我們再次拿起鏟子開始挖掘。我感到身心俱疲，但腦中卻產生了不為人知的變化，不知為何，我不再抗拒挖掘工作，不但燃起強烈的興趣，甚至感到興奮，也許我從勒格蘭所有奇怪的行為中嗅出某種深謀遠慮或深思熟慮的氛圍，讓我精神一振。我積極開挖，不時發現自己其實期待著能挖到幻想中的寶藏，而正是這個幻想，讓我不幸的同伴失去了理智。當這些胡思亂想全然充斥腦中之時，我們已經挖掘了大約一個半小時，此時我們再次被狗的激烈嚎叫聲打斷，狗一開始的不安顯然只是在任性玩鬧，但現在叫聲卻變得愈發認真而兇惡。朱比特再次試圖套住狗的嘴巴，卻引來憤怒的抵抗，狗一躍跳進坑洞裡，開始用爪子瘋狂挖耙泥土，沒多久便挖開一堆人骨，這些人骨構成兩具完整的骨架，其中夾雜著幾顆金屬鈕扣和看似是腐爛羊毛的塵埃。我們用鏟子挖掘幾下，泥土中露出一把大西班牙刀的刀刃，我們繼續挖掘，又有三四枚金銀硬幣露出土面。

一看見這些物品，朱比特喜不自勝，主人的臉上卻浮現極度失望的神情，但他仍催促我們繼續挖掘，話才說完我就向前絆了一跤，靴子的鞋尖絆到一個大鐵環，這個鐵環有部分埋在鬆軟的泥土中。

我們奮力挖掘，這十分鐘是我從未體驗過的體力勞動，這段時間內，我們挖出一具橢圓形的木箱，由於箱子保存得非常完好，質地非常堅硬，顯然曾經經歷某種礦化過程——也許是某種汞化合物。這具箱子長三英尺半、寬三英尺，深兩英尺半，由鍛造的鐵帶和鉚釘牢牢固定住，形成一種開放的格狀結構，箱側靠近頂部處有三個鐵環——兩側共六個鐵環——方便六個人牢牢抓握。我們費盡力氣搬運只能微微移動這個箱子，我們立刻看出箱子太重，難以搬動，幸運的是箱蓋只用了兩個滑動鎖門固定，我們發出緊張的喘息聲，顫抖著用手拉開門閂，在那瞬間，閃閃發光的寶藏映入眼簾，其價值無法估算，提燈的光線照射到坑洞中，讓黃金珠寶照映出一道道耀眼的光芒，令人目眩神迷。

對於眼前所見，我無法用言語描述當時的感受，當然主要是驚愕的情緒。勒格蘭看起來興奮到無法言語，朱比特則驚呆了，面色蒼白，可能比這世上任何一個黑人的臉色還要蒼白，他似乎嚇到呆若木雞，如遭雷擊，過了一下子他跪倒在坑洞中，將裸露的手臂深深埋在金子當中，彷彿享受沐浴在黃金中的奢侈，最後他深深嘆了一口氣，彷彿在自言自語：

「這一切都靠那隻金甲蟲！那隻漂亮的金甲蟲！我竟然用那麼野蠻的方式糟蹋了那隻可憐的小金蟲！不覺得自己很可恥嗎，黑鬼？——回話啊！」

最後我發現自己得喚醒這對主僕的神智，讓他們知道該把財寶搬走了，時間已經很晚，我們得加把勁，才能在天亮之前把所有財寶藏好。所有人的思緒都很混亂，很難決定該採取什麼行動，因此我們花費很多時間討論。最後我們決定先取出寶箱三分之二的內容物，減輕箱子的重量，然後費了一點力氣將箱子從洞中搬出，將取出的財寶放置在荊棘叢中，把狗留下來看守，朱比特嚴令狗在我們回來之前不得離開原地，也不能吠叫。然後我們便搬著箱子匆匆回家，經過千里跋涉，終於在凌晨一點安全回到小屋。我們已經筋疲力盡，體力不允許我們即刻回頭取回財寶，我們休息到凌晨兩點，吃了晚餐；之後立刻出發上山，並帶上三只堅固的袋子，幸好家裡正好有這些袋子。我們大約在四點前走到坑洞，將餘下的戰利品平均分配給所有人，沒有把坑洞填平便再度啟程回到小屋，就在東方樹梢上一抹微弱的黎明光線出現之際，我們又一次將金銀財寶卸下。

三人現在已經疲憊不堪，但強烈的興奮感讓我們絲毫無法鬆懈，經過三四個小時的輾轉難眠，我們不約而同起床檢查我們的寶藏。寶箱內裝滿財寶，我們花了一整天，加上接下來幾乎整夜的時間，細心檢查箱內的寶物。這些物品雜陳堆疊，沒有任何明顯的秩序。在仔細的分類和整理後，我們發現這些財寶的數量遠遠超出我們最初的想像。錢幣的價值超過四十五萬多美元——我們是根據當時的市價，盡可能精確估計這些錢幣的價值。當中沒有銀幣，全都是古老的金幣，種類多樣——有法國、西班牙和德國的錢幣，還有一些英國的金幣，以及一些我們從未見過的錢幣，有幾枚非常巨大沉重的錢幣已經磨損，上面的刻字難以辨識，當中沒有美國的錢幣。珠寶的價值更是難以估算，裡頭有鑽石——其中有幾顆體積碩大而精美——總共有一百一十顆，沒有一顆是小鑽；還有十八顆閃亮的紅寶石；三百一十顆非常美麗的翡翠；以及二十一顆藍寶石和一顆蛋白石。這些寶石都已經拆卸下來，就這樣隨意扔在寶箱中。我們從其他黃金財寶中挑出的飾品似乎被人用錘子敲打過，目的似乎是為了防止辨識。除此之外還有大量的純金飾品；幾乎有多達兩百只厚重的戒指和耳環；幾條貴重的項鍊——如果沒記錯的話有三十條；還有八十三個碩大且沉重的十字架；價值不菲的五個金香爐；一個巨大的金製潘趣酒碗，上面飾有精緻的藤葉和酒神歡宴的圖案；還有兩把上面有精美浮雕的劍柄，及其他許多我記不得的小物件。這些貴重物品的重量超過三百五十磅；這個估計重量還不包括一百九十七只豪奢的金錶；其中三只金錶的價值高達五百美元，如果有人想買的話，當中有許多非常古老的手錶，已經沒有計時上的價值；因為機械結構多少受到腐蝕的影響——但所有手錶都以寶石點綴，外殼價值不菲。那晚我們估計寶箱所有內容物的價值高達一百五十萬美元；後來處理這些首飾和珠寶時（已將一些留作己用），我們發現自己大大低估了財寶的價值。

最後當我們檢查完財寶，興奮感在某程度上也平息下來，勒格蘭看出我迫不及待想解開這道匪夷所思的謎團，於是開始解釋與財寶之謎相關的所有細節。

「你還記得，」他說，「那個晚上吧，我給你看我畫的**金甲蟲**草圖，當你堅稱我畫的圖畫很像死亡之首時，我相當惱火，你第一次這麼說時，我以為你是在開玩笑；但後來我想起昆蟲背上的特殊斑點，承認你的說法確實有憑有據，但你嘲笑我的繪圖能力讓我十分不悅——因為所有人都認定我是一位出色的藝術家——因此當你將那張破爛的羊皮紙遞給我時，我本來打算把它揉成一團，負氣扔進火中。」

「正確說法應該是破爛的紙張吧？」我說。

「不，看起來非常像紙，起初我也以為是紙，但當我開始在上面繪畫時，立刻發現那其實是一張非常薄的羊皮紙，你還記得這張羊皮紙相當骯髒吧，正當我把紙揉成一團的時候，目光落在你當時看的草圖上，你可以想像當我真實看到一個死亡之首時有多麼驚訝，死亡之首就在我畫的甲蟲圖案上。那一刻我驚訝到無法好好思考，我知道那個圖像與我畫的圖在細節上有很大不同，儘管在輪廓上確有某種相似之處。後來我拿了一根蠟燭，坐在房間另一端開始仔細檢查這張羊皮紙，我把紙張翻過來，看到反面有我畫的金甲蟲草圖，就是我當初畫的樣貌。我起初只是對兩個圖案在外觀上顯著的相似性感到驚奇——這似乎是個異常的巧合，但並不知道在紙張的另一面，在我畫的金甲蟲圖案下方正好有一個骷髏圖案，且這個骷髏圖案不僅在輪廓上非常相似，甚至大小上也如此相近。我得說這獨一無二的巧合一度讓我嚇得目瞪口呆，這正是面對巧合時通常會產生的效應，當思維努力想建立因果關係的關聯和順序卻做不到時，就會承受某種暫時性的麻痺，但當我的麻痺感逐漸平復，心中卻漸漸產生出某種信念，這份信念甚至比巧合本身更令我震驚，因為我明確記得畫金甲蟲時，紙上根本沒有其他圖案，我非常確定；因為我記得當時我把紙翻過來又翻過去，想找一個最乾淨的地方下筆，如果當時骷髏早就存在，我不會沒看見。這確實是一個無法解釋的謎團；但即使在一開始，我的思維深處最遙遠祕密的角落，似乎隱約閃爍著一絲真相，彷彿螢火蟲的微光，經過昨晚的冒險行動才讓真相水落石出。我立刻起身將羊皮紙收好，暫時不深入思考這個問題，等到我獨處時再來深究。

「你離開之後，朱比特很快也入睡了，我開始採取更有系統性的方式展開對此事的調查，我首先思考這張羊皮紙是如何到我手中。我們發現金甲蟲的地點在大陸的海岸邊，距離島嶼東邊約一英里，距離高水位線不遠。我試圖抓住甲蟲時被蟲咬了一口，使我不得不鬆手，而朱比特出於他一貫謹慎的態度，在捕捉那隻飛向他的昆蟲之前，先四處尋找葉子或其他物體來輔助。那一刻，他和我的目光都落在那張羊皮紙上，當時我以為那是一張紙，那張紙半埋在沙子裡露出一角，而在找到紙張的地方附近，我發現一艘船的殘骸，這艘船看起來本來是一艘長艇，殘骸似乎已經在那裡存在很長一段時間；因為我幾乎無法辨辨識出這些殘骸曾經是船隻結構的一部分。

「總之朱比特拿起那張羊皮紙，把甲蟲包好交給了我。不久之後我們準備回家，在路上遇見G中尉，我把這隻昆蟲拿給他看，他懇求我，希望我能准許他將甲蟲帶到堡壘去。我同意後他立刻把甲蟲塞進他的背心口袋裡，沒有包著那張羊皮紙，我在他檢查的過程中一直抓著那張羊皮紙。也許他擔心我會改變主意，覺得最好能立刻確定自己獲得這隻珍貴的甲蟲——你知道他對所有與自然史相關的事物都非常熱衷，同時我可能在無意識的情況下，把羊皮紙放進自己的口袋裡。

「你記得我走到桌前，準備畫下這隻甲蟲的草圖時，發現原來放紙的地方沒有紙了，我檢查抽屜也找不著，我探探口袋裡，希望能找到一封舊的信件，當時我的手碰觸到那張羊皮紙，我之所以詳細描述自己是如何拿到那張羊皮紙，是因為當時的情況讓我留下特殊的印象。

沒錯，你可能會覺得這出於我的幻想，但我已經建立了某種關聯性，我已經把一個事件中的兩個環節連在一起，有一艘船停在海岸邊，離船不遠處找到一張羊皮紙，而不是一張紙，上面還畫著一個頭骨。你當然會問：這兩者有什麼關聯？我只能說骷髏，或者說死亡之首，正是海盜的知名標誌，在所有的海盜之間的交戰中，都會升起死亡之首的旗幟。

「我說過那是一張羊皮紙，而不是紙，羊皮紙非常經久耐用，幾乎不會腐爛，一般說來，不太重要的事情很少記錄在羊皮紙上，因為如果只是用於繪畫或書寫這類普通目的，羊皮紙遠不如紙張適合，這個想法讓我聯想到死亡之首必然存在某種含義——某種關聯性。我也沒有忘記觀察羊皮紙的形狀，儘管紙張的某個角落出於不明原因已經損壞，但可以看出原始形狀是長方形。這張羊皮紙的用途一定是用來記錄——記錄一些需要長期記住並仔細保存的資訊。」

「但是，」我插話，「你說過，你畫甲蟲時羊皮紙上並沒有頭骨，那你是如何追溯出船隻和頭骨之間的關聯性？你自己也承認，頭骨一定是在你畫**金甲蟲**之後的某段時間才出現的（只有上帝知道頭骨是如何出現，或者是誰讓它出現的）。」

「啊，這一點恰恰是整個謎團的關鍵所在；儘管從這一點出發，揭開謎底相對而言並不算太難。我的思路是確定的，只會推論出唯一的結論，例如我可以這樣推論：我畫甲蟲時，羊皮紙上並沒有頭骨，繪畫完畢，我將紙張交到了你手中，並且在你將紙張歸還給我之前，我始終密切觀察著你。因此，那神祕的頭骨不可能是你的傑作，在場也沒有其他人動過手腳，所以頭骨的出現並非人為之舉，然而確實不可思議地出現了。」

當思考到達這個階段，我努力回想，清清楚楚記起那段時間發生的每一件事，當時天氣有些寒冷（噢，這是多麼珍貴完美的巧合！），壁爐燒著一堆火，我因在外奔波而全身發熱，坐在桌子旁邊，而你則拉了一把椅子靠近壁爐。正當我將羊皮紙交到你手裡，而你正在檢視那張紙的時候，那隻紐芬蘭犬「小狼」闖了進來，跳到你的肩膀上，你用左手撫摸著狗將牠擋開，而你右手拿著的羊皮紙卻在無意間垂落到你的膝蓋之間，離火源很近，有一度我以為壁爐火可能就要燒到紙了，正準備提醒你，但開口之際你已經把紙拿開，並開始仔細檢視。在深思熟慮過所有細節後，我們無可置疑地得出結論：正是火焰的溫度讓羊皮紙上的頭骨圖案浮現。你當然知道，某些化學物質被用於在紙張或羊皮紙上祕密書寫，只有在火的作用下，才會逐漸顯露其隱藏的字符。這種做法有時會運用一種特殊的方法：將含鈷的不純氧化物——一種混合了鈷和其他金屬的礦石——溶於王水中，再以四倍的水量稀釋，便可寫出綠色的字符。同樣，將鈷的精礦溶解在硝石溶液中則會產生紅色。這些顏色會在材料冷卻後的不同時間點消失無蹤，但一旦再次遇熱，便會重新浮現出來。

「我仔細檢查了那個死亡之首，其圖案的外緣——即靠近羊皮紙邊緣的線條——比其他地方更加清晰，顯然是因為紙張受熱並不均勻，我立刻生了一堆火，讓羊皮紙的每個部位都能受到烈焰的照射，起初唯一的成效是加強了頭骨上淡淡的線條；但繼續試驗後圖案開始顯現，我在紙張的一個角落，即與死亡之首位置的對角，發現一個我一開始以為是山羊的圖案，但經過更仔細的檢查後，我確定這是一個小山羊的圖案。」

「哈哈！」我說，「當然，我沒有權利嘲笑你——一百五十萬美元這件事情太嚴肅，不該拿來開玩笑——但你似乎沒打算在這個事件中串起第三個環節——你找不到海盜和山羊之間的特殊關聯性——你知道，海盜和山羊之間沒有關聯性；山羊只和農場生意有關。」

「但我剛才說那個圖案不是山羊。」

「好吧，小山羊，差不多意思。」

「差不多，但不一樣，」勒格蘭說。「你聽過基德船長[1]這號人物吧，我立即將這隻動物的圖案視為某種雙關語或象形文字的特徵，我之所以認為這是一種特徵；是因為圖案在羊皮紙上的位置暗示了這件事，對角上的死亡之首也一樣，看起來就像是某種標誌或標記。但我非常沮喪，因為還缺少了很多資訊——我不知道這些圖案背後的故事——也缺乏文字或描述上的背景資訊。」

「你是想在標誌或特徵之間找到某種訊息。」

「類似吧，事實上我沒辦法抗拒心中的預感，彷彿某種超級好運就要降臨，我說不出個所以然，也許這終究是我的願望，並不是真的相信好運會降臨——但你知道朱比特說過的傻話吧，他說那隻甲蟲是真正的黃金蟲，這想法大大撼動了我的想像力，然後又發生一連串的意外和巧合——這些事情都出現得恰到好處，你有沒有注意到，這些事件剛好發生在今年唯一天氣夠冷，冷到需要點燃壁爐火的那一天，如果沒有火，如果狗沒有在那個確切時間點闖入，我永遠不會發現那個死亡之首，也永遠不會找到這些寶藏？」

「請繼續說下去，我等不及要知道後續了。」

「好吧，你一定聽過基德船長和他的船員，在大西洋海岸某處埋藏財寶的諸多傳說，這些傳聞絕對有一定的根據，而且這些傳聞之所以流傳久遠又源源不絕，似乎只能歸因於那筆財寶仍然沒有被人發現。如果基德暫時埋藏了他的贓物，後來又成功取回，那麼這些傳聞就不會像現在這樣傳到我們耳裡。你注意到了吧，這些故事都是關於尋寶者，而不是關於找到財寶的人，

譯註1 William Kidd，俗稱「基德船長」，蘇格蘭私掠船船長，因被指控海盜罪而遭到處決。

如果海盜已經找回財寶，整件事情就不會再有下文。在我看來，可能是因為發生了什麼意外，也許海盜弄丟了標示財寶位置的文件，失去了找回財寶的方法，而他的追隨者也知道這個意外事件，否則他們可能永遠不會知道有一筆財寶被埋藏起來。於是他們開始想自行尋回財寶，但因為缺乏指引而無功而返，這就是這些傳言一開始流傳的原因，後來事情才廣泛傳開。你有聽說過沿海地區曾經挖出珍貴的財寶嗎？」

「沒有。」

「但眾所周知，基德船長的金銀財寶為數可觀，因此我認為這筆財寶一定還埋藏在某處；所以如果我告訴你，我很有把握，幾乎可以確定這張來路不明的羊皮紙上暗示了財寶的埋藏地點，你也不會大驚小怪吧。」

「但你是如何進行的？」

「我又將羊皮紙放到火上，把火加得更旺；但什麼都沒有出現，我認為可能是因為上面覆蓋了一層塵土，於是我小心翼翼用溫水沖洗羊皮紙，然後把它放在一個錫盤裡，頭骨面朝下，然後將錫盤放在點燃的炭爐上。幾分鐘後錫盤徹底加熱，我取出那張羊皮紙，發現上面有好幾處出現了排列成行的字樣，我欣喜若狂，又把羊皮紙放回錫盤再加熱一分鐘，取出時整個圖案就變成了你現在看到的樣子。」

勒格蘭再次加熱羊皮紙後交給我檢查，一串潦草的字符浮現在死亡之首和山羊圖案之間，以紅色的顏料或墨水繪製而出：

53‡‡†305))6*;4826)4‡.)4‡);806*;48†8¶60))85;1‡(;:‡*8†83(88)5*†
;46(;88*96*?;8)*‡(;485);5*†2:*‡(;4956*2(5*—4)8¶8*;4069285);)
6†8)4‡‡;1(‡9;48081;8:8‡1;48†85;4)485†528806*81(‡9;48;(88;4(‡?3
4;48)4‡;161;:188;‡?;

「但是，」我說著把那張紙還給他，「我還是摸不清頭緒，就算給我葛爾康達[2]所有珍寶作為獎勵，我敢肯定自己仍舊沒有獲得財寶的資格。」

「不過，」勒格蘭說，「儘管密碼一開始看起來複雜，但解碼方式並不像表面看起來那麼困難。任何人都可以猜到，這些字符構成了一個密碼——也就是說字符傳達了一種含義；但根據我們對基德船長的了解，我不認為他有能力製作太複雜的密碼，我立刻想到這是一組簡單的密碼——但對於頭腦簡單的水手來說，如果沒有掌握關鍵，是絕對無法破解的。」

「你真的解開了嗎？」

「當然，對我而言輕而易舉，我曾經解開過比這難上萬倍的密碼，因為某些特定情況和某種心理傾向，使我對這類謎題產生了興趣。只要找到正確的方法和策略，我很懷疑人類的聰明才智真的有辦法創造出一道解不開的謎題。事實上，一旦建立了相關和可辨讀的線索，就算有困難度，仍舊可以解開密碼。」

「就這道密碼而言——事實上就所有的密碼而言——第一個牽涉的就是密

碼的語言；因為解謎的原則，尤其是針對較為簡單的密碼，都有賴特定語言的特性，且會受到特定語言的特性或本質所影響。一般情況下，解開密碼的唯一方法就是嘗試各種已知的語言，並且根據概率來進行試驗，直到找到密碼真正的語言為止。這個密碼當中包含了一個特定的特徵，這個特徵讓謎題很容易解開，「小山羊」[3]這個詞的雙關語只能用英語來理解。如果不考慮這一點，我本來會先由西班牙語和法語嘗試解碼，因為這兩種語言是西班牙大陸的海盜本能會用來編寫密碼的語言，在此我假設這個密碼是英語。

你看到這些單字之間沒有空格，如果有空格，這個任務本來會相對容易。在這種情況下，我會從較短單字的對照和分析開始進行，如果出現由單一個字母構

譯註2 Golconda 原本是一個位於印度的古老王國，以其豐富的鑽石礦著稱，其鑽石礦是世界上最早被開採的鑽石礦之一，曾經出產過許多著名的大型鑽石。

譯註3 小山羊英文為「kid」，與基德船長（Kidd）諧音。

成的單字，這是非常有可能的（例如 a 或 I），就能確定這個解法是正確的，但是由於沒有空格，我的第一步是確定出現頻率最高和最低的的字母，全部計算好之後我建立了一個列表，如下所示：

8 這個字符，總共出現了三十三次。

;	“	26
4	“	19
‡)	“	16
*	“	13
5	“	12
6	“	11
†1	“	8
0	“	6
92	“	5
:3	“	4
?	“	3
¶	“	2
-.	“	1

「好，英語中最常出現的字母是e，其後常出現的字母依次是：a、o、i、d、h、n、r、s、t、u、y、c、f、g、l、m、w、b、k、p、q、x、z。E這個字母經常出現，不論是什麼長度的句子，很少不是以它為主要字母。

「因此，我們在一開始就建立了根據，不必光憑猜測，可以進行更深入的分析或推理。雖然這個列表在一般情況下非常有用——但在分析這個特定的密碼時，只需部分參酌此表格所提供的資訊。由於主要字符是8，我們先假設它是原始字母中的e，為了驗證這個假設，我們可以觀察8是否經常成對出現——因為英語中的e經常成對出現，在例如「meet」、「fleet」、「speed」、「seen」、「been」、「agree」等單字。目前這個案例中雖然密碼很短，但我們可以看見8成對出現的次數不少於五次。

「我們假設8代表e，而『the』是最常見的英語單字；因此，我們可以觀察是否有三個字符一直重複出現、排列順序相同，且最後一個字符是8。如果我們發現這樣排列的字符重複出現，很可能代表『the』這個單字。檢查過後我們發現至少有七組這樣的排列，其字符為;48，因此我們可以假設;代表t，4代表h，而8代表e——8代表e已經得到證實，表示目前已經跨出重要的一步。

「但是，既然確定了一個單字，接下來我們就能夠確認一個非常關鍵的重點；即其他幾個單字的開頭和結尾，例如，我們先參考倒數第二個;48——距離密碼的結尾處不遠。我們看到接在;48後面出現的;應該是一個單字的首字母，而在這個『the』之後的六個字符中我們至少可以辨識出其中五個，現在我們將這些字符按照我們所知對應的字母寫下，未知的部分則留空——

t eeth.

「至此我們可以立刻排除『th,』這個組合，緊隨 t 的字母不可能是 h；我們依據整個字母表來進行排除和試錯，尋找適合填入空缺位置的字母，但沒有找到任何合理的單字，所以我們把推理範圍限縮為

t ee,

我如之前一樣檢查字母表，得出唯一的可能性組合是『tree』這個單字，這樣我們又辨識出另一個字母，即代表 r，這兩個字並置即為『the tree』。

「這些單字不遠處又出現;48這個組合，我們可以使用剛剛確認的字符組合來辨識密碼前面部分的最後幾個字符，其排列如下：

the tree ;4(‡?34 the,

或者替換已知的原始字母，排列如下：

the tree thr‡?3h the.

「好，如果我們將未知的字符留空或用點來替代，則排列如下：

the tree thr...h the,

這個單字明顯是『**through**』，但這個發現驗證了三個新的字母，o、u和g，分別由‡、?和3來代表。

「現在，我們詳細檢查密碼的每一個部分，尋找已經解碼的字符組合，我們在距離密碼開頭不遠處發現了這樣的排列，

83(88，即 egree,

這顯然是『degree』這個單字的結尾，同時也讓我們辨識出另一個字母d，由†代表。

「degree這個單字後隔四個字符，我們可以看到這樣的組合：

;46(;88.

「用已知的字符解譯，同時像剛剛一樣用點來代表未知字符，得出的排列如下：

th.rtee,

這個排列立刻讓人聯想到『thirteen』這個單字，同時也讓我們辨識出兩個新字符 i 和 n，分別由 6 和＊代表。

「現在檢視密碼的開頭，可以找到以下組合，

53‡‡†.

「根據上述的結論解譯後，我們可以得出

good,

這表示第一個字母是 A，且前兩個單字是『A good』。」

「現在是時候將迄今為止發現的所有解碼結果以列表的形式整理出來，以避

免混淆，結果如下：

5	代表	a
†	"	d
8	"	e
3	"	g
4	"	h
6	"	i
*	"	n
‡	"	o
(	"	r
;	"	t
?	"	u

「因此，我們至少有十一個最重要的字母已經解譯出來，解碼的細節就不再贅述了，我已經說夠多，應該可以說服你這類型的密碼很容易解開，同時也提供

了一些密碼發展原理的見解。但請相信我，我們面前這個例子屬於密碼中最簡單的種類。現在只剩下一件事，那就是提供你羊皮紙密碼完整的解譯，這些字符已經破解如下：

「『主教旅社裡有一副好鏡子位於惡魔之座東北偏北四十一度十三分樹枝主幹的第七根分枝東側樹上從死亡之首的左眼穿出一條蜜蜂線從樹上通過射擊點向外延伸五十英尺。』」

「但是，」我說，「這段謎語似乎還是跟剛剛一樣難解，從『惡魔之座』、『死亡之首』和『主教旅館』這些胡言亂語中，怎麼可能硬找出意義來？」

「我承認，」勒格蘭回答，「乍看這段話時依舊很難理解，我的第一步是將密碼分割成密碼作者預設的原始分段。」

「你意思是斷句？」

「類似意思。」

「但要怎麼做到？」

「密碼作者在編密碼時故意讓字跟字之間沒有分隔，是為了增加解密的難度，一個不太精明的人想要達到這個目的，一定會太過刻意，當他在編寫過程中遇到自然需要停頓的地方，很可能會故意連續書寫而不留空格。如果你觀察目前的手稿，很容易發現有五個地方缺乏斷句。我根據這個線索進行斷句如下：『主教旅社裡有一副好鏡子——東北偏北——四十一度十三分——主幹的第七根分枝東側——從死亡之首的左眼穿出——一條蜜蜂線從樹上通過射擊點向外延伸五十英尺。』」

「即使斷句了，」我說，「我還是一頭霧水。」

「這也讓我困惑了好幾天，」勒格蘭回答，「這段期間，我在蘇利文島附近到處詢問，尋找一座名叫『主教旅館』的建築物；我當然不會選擇『旅社』這個過時的詞。當我一無所獲，正打算擴大我的搜尋範圍，採取更有系統的方式進行時，我突然在某天早晨想到『主教旅社』這個詞可能與一個名叫貝索普[4]的古老家族有關，這個家族自古就擁有一座古老的宅邸，就位於蘇利文島北方大約四英里處。我於是去了那座農園，在那裡尋找年事已高的黑人重新探問了一遍，最後有位年紀最大的婦女表示自己聽說過貝索普堡，而且可以帶我去找那個地方，但那裡既不是城堡也不是旅館，而是一塊高岩。

「我向她提出了一筆豐厚的報酬作為誘因，經過一番深思熟慮後，她才勉強答應陪我一同前往那個地點。尋找目的地並非難事，我告訴她她可以離開後，便開始針對那個地帶展開獨自探索。這個『城堡』由不規則的峭壁和岩石構成——其中有一塊岩石特別顯眼，因為這塊岩石特別高，獨自兀立在岩石群之外，還有某種人工打造的外觀。我攀登到這塊岩石的頂部，完全不知接下來該如何是好。

「正當我陷入沉思，我的目光落在岩石東面一處狹窄的岩架上，位置大約在我站立的頂部下方一碼處，岩架突出約十八英寸，寬度不超過一英尺，而峭壁上方正好有一個凹點，外觀有點像古人使用的凹背椅。我毫不懷疑這裡就是手稿中提到的『魔鬼之座』，現在我似乎頓悟了那段謎語的奧義。

「而『好鏡子』，我知道不可能別有所指，一定是望遠鏡；因為『鏡子』一詞在水手的行話中少有其他含義。在這個當下我馬上領悟到我需要使用望遠鏡，且要有一個確定的觀測點，一定要在這個觀測點使用望遠鏡，不容許有任何偏差。我沒有一絲猶疑，確定『四十一度十三分』和『東北偏北』這幾句話一定是用來引導我調整望遠鏡的方向。我對這些發現興奮不已，趕緊回家拿了望遠鏡，然後回到岩石上。

「我向下爬到那個岩架上，發現只有一個特定的位置才能坐下，這個事實證實了我本來的想法。我開始使用望遠鏡，當然『四十一度十三分』不可能還有別種意思，一定是指高於可見地平線的仰角角度，因為『東北偏北』這個詞已經清

譯註4 貝索普（Bessop）與主教（Bishop）諧音。

楚指示了水平方向。我馬上用口袋指南針確定了水平方向；然後盡可能按差不多四十一度仰角的角度調整望遠鏡，小心翼翼地向上向下移動，直到看見遠處有一棵高於其他樹木的大樹，樹上有一處圓形的裂隙或開口，我在這個裂隙中心看到一個白點，但一開始看不出那個形體是什麼，我重新調整望遠鏡的焦距後再次觀看，才辨認出來那是一個人類的頭骨。

「一發現頭骨，我過度樂觀地認定謎題已經解開；因為『**主幹的第七根分枝**』這句話指的一定是頭骨在樹上的位置，而『從死亡之首的左眼穿出』這句話也只有一種解釋，那就是指引寶藏埋藏地點的線索。我意識到找到寶藏的方法是從頭骨的左眼降下一顆子彈，而蜜蜂線換句話說就是直線，即一條從樹幹最近的點通過『射擊點』（即子彈落下的地方）畫出的直線，從那裡向外延伸五十英尺後會指出一個確定的地點——而在這個地點下方，至少可能埋藏了什麼有價值的東西。

「所有過程，」我說，「你都說明得非常清楚，雖然解謎過程非常巧妙，但仍簡單明瞭。所以你離開了主教旅館，然後呢？」

「嗯，我仔細記下樹的方位後就回家了，然而我一離開『魔鬼之座』的位置，那個圓形裂縫就消失無蹤了；無論我怎麼轉身嘗試，都再也無法看見。這整件事情對我而言最巧妙的一點（經過反覆試驗，讓我相信這是真的），就是只有從岩石上那個狹窄岩架上看過去，才能看見那個奇異的圓形開口，其他角度都看不見。

「這次去『主教旅館』探險，朱比特一路都陪著我，他一定注意到我過去幾個禮拜都行為恍惚，所以特別小心不留我獨自前往。但隔天我很早就起床，設法甩掉他去山裡尋找那棵樹，歷經長途跋涉後我找到了那棵樹，等到晚上回家時我的僕人威脅要揍我一頓。至於尋寶歷險剩下的過程，我相信你和我一樣瞭若指掌。」

「我想，」我說，「你第一次開挖挖錯位置，是因為朱比特犯傻，讓甲蟲從頭骨的右眼而不是從左眼落下。」

「正是如此，他的錯誤導致在『射擊點』的定位上出現大約兩吋半的誤差——也就是說，這個錯誤影響了椿位與樹之間的相對位置；如果寶藏就在『射擊點』下方，這個錯誤影響不大；但『射擊點』以及樹的最近點只是用來確立一條方向線的兩個參考點；一開始的誤差無論有多微小，但隨著直線持續延伸，遠及五十英尺時，就會把位置完全帶偏。如果不是因為我堅信寶藏真的埋藏在這裡，我們所有的努力可能都會白費。」

「但你的誇張之言，還有你擺盪甲蟲的行為——實在太詭異了！我當時確定你已經瘋了，如果只是要穿過頭骨落下，你為什麼堅持一定要拿甲蟲，不拿子彈呢？」

「坦白說，你明顯懷疑我神智不清，讓我感到有些不悅，所以我決定用自己的方式偷偷懲罰你，故意在神智清醒的情況下，為整件事加諸一層神祕的面紗，所以我故意擺盪那隻甲蟲，還故意讓牠從樹上掉落，你們之前提到甲蟲很重，所以才給了我這個靈感。」

「好吧，我懂了；現在只留下一個疑點讓我不解，洞裡發現的骸骨是從何而來？」

「這個問題我跟你一樣無法回答，然而似乎只有一種合理的解釋——但如果事實真如同我話中所暗示的那樣，那麼這慘無人道的行徑非常可怕。很明顯——如果基德船長真的埋藏了這些寶藏，那麼毋庸置疑——埋寶一定需要幫手，但一但寶藏埋好，他可能認為殺人滅口乃是一種權宜之計，也許當他的同夥忙著挖坑，他用鎬子敲個幾下就解決了；也許需要敲個十幾下——又有誰會知道呢？」

「不能說」的橋段、名場面「凶手就是你！」

1844

汝即真凶

更令人震驚的是，警員在這位不幸之人的床和床墊之間發現了一件襯衫和一條領巾，上面都印有他名字的首個字母，皆沾滿了受害者怵目驚心的血跡。

我現在將扮演伊底帕斯，解開拉特堡之謎[1]，唯有我能向您闡述那奇蹟背後機巧的祕密，那真實、公認、毫無爭議的奇蹟，它消弭了拉特堡人的不信之念，使所有曾疑慮重重的世俗之人，轉而皈依祖母們的正統信仰。

我不願以輕率的語氣來討論此事。此案發生於十九世紀某年的盛夏，拉特堡鎮上最富有且最受尊崇的市民巴納巴斯・沙特沃西先生已失蹤多日，此情況激起了謀殺的疑慮。沙特沃西先生於某個星期六清晨騎馬出發，明確表示他打算前往約十五英里遠的某個城市，並計畫在當天晚上返回。然而他離開兩小時後，馬匹卻獨自返回，背上原本繫著的馬鞍袋也不翼而飛，這匹馬受了傷，滿身泥濘。這些跡象自然讓他的友人極為擔憂；到了星期天清晨他仍未露面，整個城鎮的居民紛紛動員尋找他的遺體。

在拉特堡鎮上，推動搜尋行動最積極熱心的是沙特沃西先生的摯友——查爾斯・古德費羅[2]，人們亦常稱呼他為「查理・古德費羅」或「老查理・古德費羅」，這是否為一個巧合，或這名字對性格有著潛在的影響，我尚不能夠定論。但無可置疑的是，名叫查爾斯的人總是陽光燦爛、富有男子氣概、誠實、親切、坦率，擁有深沉且清晰的嗓音，令人聽之愉悅。他的眼神總是直視著你，彷彿在訴說：「我良心清白，我不畏懼任何人，我絕不會做出卑鄙之事。」因此，舞台劇中那些活力四射、無憂無慮、風度翩翩的「男性角色」往往命名為查爾斯。

「老查理・古德費羅」儘管只在拉特堡鎮居住了約六個月，且在此之前無人知曉他的過往，但他卻毫不費力地與鎮上所有體面人士交好，這些人無不對他的言行深信不疑；至於女性，更是難以言喻她們對他的情感。所有這些好感和信任，皆因他名為查爾斯，故擁有一張天真無邪的面容，俗話說，長相便是最佳

譯註1 在希臘神話中，伊底帕斯解開了斯芬克斯的謎語，這裡作者用此一比喻來表示主角將解開一個令人費解的謎團。

譯註2 Goodfellow 有「好人」之意。

的「推薦信」。

正如我前述，沙特沃西先生不僅是拉特堡最受尊敬的人，也是當地最富有的人。而「老查理・古德費羅」與他過從甚密，情同兄弟。這兩位老紳士是鄰居，儘管沙特沃西先生鮮少，甚至從未拜訪過「老查理」的家，亦未曾在其家中用餐，但這並不妨礙他們深厚的友誼。正如我所述，「老查理」每日總會數次探望他的鄰居，關切其近況，且經常留下來共享早餐或茶點，幾乎每晚共進晚餐。在這些時光中，兩位老友共飲的酒量最是驚人，老查理最愛的是瑪歌堡紅酒，他一夸脫接一夸脫地暢飲，此舉似乎令沙特沃西先生心情大好。有一日酒足飯飽後，沙特沃西先生神智略顯模糊，拍著好友的背說，「告訴你啊『老查理』，在我這一生，你絕對是我認識最豪爽的老傢伙，既然你如此喜歡痛飲紅酒，我會送你一大箱瑪歌堡紅酒作為禮物，該死的。」──（沙特沃西先生有咒罵的壞習慣，儘管他很少說超出「該死」，或是「天哪」，或是「真是太棒了」之類的詞）──「該死，」他說，「我今天下午就要向城裡下訂單，訂最好的一大箱酒送給你！

你現在無須多言——我要送，我告訴你，就這麼決定了；你等著瞧吧——酒會在你最意想不到的美好日子送達！」我提到沙特沃西先生的慷慨，僅為證明他們之間的親密友情。

在那個疑雲重重的星期天早晨，人們逐漸意識到沙特沃西先生恐怕已經遭遇不幸，我從未見過任何人像「老查理・古德費羅」那般深受打擊。他一得知沙特沃西先生的馬匹獨自歸來，馬鞍袋不翼而飛，且馬身上有明顯的槍傷，彈孔從那可憐的動物胸部穿透而過卻又未能致命；不禁驚得臉色蒼白，彷彿受害者是他至親的兄弟或父親，他全身不由自主地顫抖起來，就像得了瘧疾。

起初他因悲傷過度而無法行動，也難以擬定任何計畫，所以很長一段時間，他都在勸阻沙特沃西先生的其他朋友不要急於行動，主張最好等待一段時日——也許是一週、兩週，甚至一、兩個月，看看是否有新的進展，或許沙特沃西先生會自行歸來，解釋為何先派馬兒回家。我相信您也見識過那些沉浸在悲傷中的人，總是拖拖拉拉、猶豫不決、思緒遲鈍，因此對任何積極行動都感到恐慌，他們只願意安靜地躺在床上「療傷」，正如老太太們所說的——讓自己沉溺於煩憂之中。

拉特堡鎮民對「老查理」的智慧和謹慎評價甚高，因此大多數人都傾向於同意他的看法，別在「有進展之前」輕舉妄動，心甘情願聽從這位老紳士的指示。如果不是因為沙特沃西先生那個行為不端、名聲不佳的侄子以可疑的方式插手，這可能會成為大家的共識。這位名叫潘尼斐瑟的侄子根本不願聽從任何「保持冷靜」的理性建議，而是堅持要立即尋找「被謀殺男子的屍體」（這是他的原話），而古德費羅先生當時敏銳地指出，這「措辭非常奇怪，我這麼說還算客氣了」。「老查理」這番話也對眾人產生了相當大的影響；一位市民在人群中提出了一個非常有力的問題，「潘尼斐瑟先生怎麼會如此清楚知道與他富舅舅失蹤的所有細節，並且敢斷言舅舅是『遭人謀殺』。」人群中因此爆發了一些小爭吵和口角，尤其是「老查理」和潘尼斐瑟之間的爭執——這並不是新鮮事，因為他們在過去三、四個月間已經關係緊張；事態甚至發展到潘尼斐瑟把舅舅的朋友打倒在地，據說是因為古德費羅先生在舅舅家中表現得過度放肆，而潘尼斐瑟也住在那裡。在這事件上，「老查理」表現出值得讚許的自制力和基督徒般的寬恕，他從挨打的地方站起來，整整衣物，並沒有立即反擊——只是低聲說了幾句「讓我逮到機會就會報仇」的話——這是一種自然且非常合理的憤怒表達，然而這話說出口後，他很快就沒記掛在心上了。

儘管這些事件與當前的問題無關，但可以確定的是，在潘尼斐瑟的堅持下，拉特堡的居民最終決定分散到附近地區尋找失蹤的沙特沃西先生。一旦決定開始搜尋，他們自然而然認為搜尋者應該分組行動——以便對周邊地區進行更徹底的搜查。不過我忘了「查理」是如何以巧妙的推理，最終說服眾人這是個不智之舉，然而他確實做到了——除了潘尼斐瑟之外。最終的安排是由「老查理」帶頭，全體居民一起進行仔細地全面搜索。

在這方面，沒有人比「老查理」更適合擔任開路先鋒，每個人都知道他有著如鷹般的眼力；但儘管他領導眾人穿越許多人跡罕至的地方，行經許多鄰近地區未知的路徑，幾乎通宵達旦地搜索了將近一週，仍未發現沙特沃西先生的蹤跡。不過雖然我說未找到蹤跡，但不應理解為完全沒有結果；因為確實有一些發現。那位可憐的紳士使用的是專用的馬蹄鐵，因此大家依著馬蹄印追蹤到離鎮東約三英里的地方，在通往城市的主幹道上，蹄印突然轉入一條穿過林地的小徑，然後再次出現在主幹道上，這樣一來，正常的路程縮短了約半英里。沿著這條小徑的馬蹄印繼續前進，最終來到一潭死水旁，這潭水被小路右側的荊棘部分遮擋，而在這個池塘的對面，馬蹄印的痕跡完全消失，然而這裡似乎發生過掙扎，看起來有一個比人還大、還重的物體從小徑被拖到池邊。他們針對池塘進行兩次詳細的搜索，但什麼也沒有發現；就在搜索隊即將失望地離去、對找到任何結果感到絕望時，古德費羅先生突然想到了一個主意，那就是徹底把池塘裡的水排乾。這個提議受到了眾人的歡呼，大家對「老查理」的聰明才智和深思熟慮給予了高度讚揚。許多鎮民以為需要挖掘屍體，都帶來了鐵鍬，所以很快就完成了排水工作；當池塘底部露出後，人們在剩餘的泥濘中發現了一件黑色絲絨背心，幾乎每個在場的人都立即辨認出這是潘尼斐瑟先生的衣物，這件背心被撕裂，上面血跡斑斑。搜尋隊伍中有幾人清楚記得沙特沃西先生出發進城的那個早晨，潘尼斐瑟先生正是穿著這件背心；同時還有人準備好在需要時宣誓作證，聲稱在事發那天過後，潘尼斐瑟先生再也沒有穿過那件衣服，沒有人敢說在沙特沃西先生失蹤後曾見過他穿著這件背心。

在這種情況下，潘尼斐瑟先生的處境變得極其嚴峻，當有人對他表示質疑時，他的臉色變得異常蒼白，當被問及自己有何辯解時，他竟然語塞，一句話也說不出來。這樣的反應無疑加深了人們對他的懷疑，甚至連他為數不多的酒肉朋友也都在此時背叛了他，比他的敵人還要急切地要求立即逮捕他。然而在另一方面，「老查理」先生的高尚人格在此番對比之下顯得更加閃耀，他熱情積極地為潘尼斐瑟先生辯護，多次提到自己真誠地寬恕了那位放蕩的年輕紳士（他稱潘尼斐瑟為「敬愛的沙特沃西先生繼承人」），他只是因為一時衝動才侮辱了他（古德費羅先生），他說自己「從內心深處原諒了他，他自己（古德費羅先生）絕不想將這些懷疑推向極端，但不得不說，潘尼斐瑟先生確實存在一些嫌疑。」他承諾「他（古德費羅先生）將會竭盡所能，運用自己擁有的一點口才——來、來、來盡力為潘尼斐瑟先生辯護，試圖降低那些對他不利的嫌疑。」

古德費羅先生以這種語調繼續講了大約半個小時，這不僅彰顯了他的智慧，也顯示了他的善良；然而那些充滿熱情的人，在表達意見時往往不夠得體，容易陷入各種錯誤、尷尬和不合時宜的言辭，因為他們渴望幫助朋友。有時雖然他們懷抱著全世界最善意的出發點，卻往往適得其反。當下「老查理」的滔滔雄辯也是如此；儘管他認真為嫌疑人辯護，但不知為何，他所說的每一個字，沒有在不經意間提升他在聽眾心目中的地位或形象，而是加深對他所辯護者的懷疑，同時激起暴民對他的憤怒。

在這場演說中，演說者犯下的最離奇錯誤之一，便是他稱呼嫌疑人為「敬愛的沙特沃西先生繼承人」，此前人們從未將嫌疑人與此身分聯想在一起。

之前人們只記得他舅舅曾威脅要剝奪其繼承權（除了侄子外，他再無其他親人），因而人們普遍認為，侄子喪失繼承權已成定局——這群拉特堡居民真是太單純了。然而「老查理」的一席話卻讓人們開始重新思考，同時意識到當時的威脅或許僅是虛張聲勢，於是便自然而然提出了「對誰有利（Cui bono?）」這個問題，而這個問題比其他證據更直接指向了這位年輕人，暗示他或許就是犯下這樁可怕罪行的凶手。此處我欲先做一個偏離主題的觀察，以避免誤解。在各種流行小說和其他文類中，「cui bono」這個簡潔的拉丁短語經常被錯譯和誤解，例如在凱瑟琳・戈爾[3]（《塞西爾》作者）的小說中，她引用的語言廣泛，從迦勒底語到契卡索語都有，她是在貝克福德[4]先生的指導下，以更加

譯註3 Catherine Gore，十九世紀英國的一位著名小說家，專注於描述上層社會的生活和風俗，尤其是十九世紀初期英國貴族和富裕階層的日常生活。她的作品通常涉及細膩的社交場景、風格化的對話以及對當時社會風俗的詳細描述。

譯註4 William Thomas Beckford，十八世紀末至十九世紀初的英國小說家、藝術收藏家和政治家。

系統化和有組織的方式學習和引用各種語言和知識。我的重點是，所有這些流行小說，從布爾沃[5]和狄更斯的小說，到特納彭尼和安斯沃斯[6]的小說，這兩個小小的拉丁詞經常被譯為「為了什麼目的？」或「有什麼好處？」然而其真正含義為「對誰有利」。「cui」意為對誰；「bono」意為好處。它是一個純粹的法律術語，適用於我們目前討論的案例，即行為者做出某行為的可能性取決於該行為給行為者帶來利益的可能性。在目前情況下，「對誰有利」明確指涉潘尼斐瑟先生。他的舅舅的遺囑原本偏向於他，但後來威脅要將他剔除出繼承人名單，然而此威脅並未實際執行；原始遺囑似乎並未經更改。若遺囑被更改，嫌疑人唯一可能的動機或許僅是普通的復仇；即使他有復仇動機，也可能因為希望重新獲得舅舅好感而被抵銷。但由於遺囑未更改，而改變遺囑的威脅依然存在，這為嫌疑人提供了一個強烈的犯罪動機，拉特堡的尊貴市民聰明地得出了這個結論。

潘尼斐瑟先生隨即遭到逮捕。人群在進一步搜尋後將他帶回家，然而在回家的路上發生了另一件事，進一步確認了對他的懷疑。古德費羅先生總是熱心走在隊伍前面，突然他向前跑了幾步，彎下腰似乎從草地上撿起了一個小物件。他迅速檢查過後似乎想把它藏進外套口袋，但此舉被人發現，因此遭到阻止。眾人發現他撿起的物件是一把刻有潘尼斐瑟先生名字首個字母的西班牙刀，刀刃上沾有血跡。

侄子的罪行再無疑問，他一到拉特堡便立即被帶至法官那裡接受審問。在這極為不利的情況下，當法官詢問他沙特沃西先生失蹤當天早上的行蹤時，這名囚犯竟大膽承認，他在那天晨曦破曉時曾在池塘附近獵鹿，而人們正是在這池塘找到那件染血的背心，能夠發現背心，是仰賴古德費羅先生的聰明機智。

譯註5 Edward George Earle Lytton Bulwer-Lytton，第一代里頓男爵，也是一位英國小說家、劇作家和政治家，活躍於十九世紀。

譯註6 William Harrison Ainsworth，十九世紀英國小說家，以其歷史小說而聞名。

古德費羅先生在此刻站了出來，眼中淚光閃閃，他請求法官允許他作證，表示因為自己對造物主與同胞的嚴肅職責，使他無法再保持沉默。他對這位年輕人（儘管自己曾遭受他極度惡劣的對待）的真摯感情，讓他非得想出所有可能的假設，來解釋潘尼斐瑟先生面對的不利可疑情況，然而如今證據確鑿，令人不寒而慄，他將不再猶豫，他將坦白所知一切，即使這樣做會讓他的心（古德費羅先生的心）碎裂滿地。他接著陳述，表示沙特沃西先生離家進城的前一天下午，這位可敬的老紳士曾在他（古德費羅先生）聽見的情況下，對他侄子提及他明日去城裡的目的是到「農民和機械工人銀行」存入一筆鉅款，且當時沙特沃西先生對這位侄子明確宣稱，他堅決要撤銷最初的遺囑，只留給他一先令。他（證人）現在莊嚴地要求被告說明，他（證人）剛才所述的內容在每一個重要細節上是否真實無誤。令在場所有人同感驚訝的是，潘尼斐瑟先生坦率承認確有其事。

法官當下認定有必要派兩名警員去搜查被告在舅舅家中的房間。警員們行動迅速，很快便帶回那位老紳士多年來一直隨身攜帶、眾所周知的鋼邊紅棕色皮革錢包，然而錢包內的珍貴物品已經不翼而飛。法官試圖從凶手口中探問這些物品的用途或藏匿之地，卻徒勞無功，被告堅決否認對此事有任何了解。更令人震驚的是，警員在這位不幸之人的床和床墊之間發現了一件襯衫和一條領巾，上面都印有他名字的首個字母，皆沾滿了受害者怵目驚心的血跡。

正當此時，有人宣布受害者的馬匹因傷勢過重在馬廄中斷了氣。古德費羅先生迅速提議對這匹馬進行解剖，以尋找可能的子彈。因此，他們立即著手進行了解剖，似乎在為被告的罪行尋找確鑿的證據。古德費羅先生在馬的胸腔深處細心搜索後，終於找到並取出一顆異常大的子彈。經過試驗，發現這顆子彈正好符合潘尼斐瑟先生步槍的口徑，而且比鎮上或附近任何其他人的槍枝口徑都要大。更加令人信服的證據是，這顆子彈上有一個與接縫呈直角的瑕疵，經檢查發現，這個接縫與被告承認擁有的一對子彈模具上的偶然凸起完全吻合。在發現這顆子彈後，審查法官決定不再聽取任何進一步的證詞，立即決定將囚犯提交審判——堅決拒絕接受任何形式的保釋申請，儘管古德費羅先生強烈反對這種嚴厲態度，甚至提出願意提供任何金額的保釋金，然而這種慷慨舉動，只是「老查理」在拉特堡居住期間整體行為的延續，他被自己過分熱情的同情心所左右，因此在試圖為這位年輕朋友提供保釋時，似乎完全忘記自己（古德費羅先生）並無任何財產。

審判的結果可想而知，潘尼斐瑟先生在所有拉特堡居民的謾罵聲中被帶到下一次刑事法庭審判，法官認定當時那串環環相扣的間接證據（由於古德費羅先生的敏感良心不允許他向法庭隱瞞任何額外證據，因此讓嫌犯的罪行更加確鑿）如此連貫完整又令人信服，因此陪審團在座位上迅速做出一級謀殺罪的定讞判決。不久後，這位不幸的人被判處死刑並被送往縣立監獄，等待法律的無情懲罰。

與此同時，「老查理・古德費羅」憑藉其高尚的行為，在拉特堡的誠實市民心中贏得更深的愛戴和敬仰。他的人氣比往常更高，受到鎮民的熱情款待，他也不得不放棄自己迫於貧困而持守的節儉習慣，並開始在自家舉辦小型聚會，這也是一種自然的結果。這些聚會洋溢著智慧和歡樂的氛圍——儘管偶爾也會因為他那位已故摯友的侄子即將面臨悲慘命運，而略帶沉重的陰影。

有天，這位慷慨的老紳士在驚喜之下收到以下信件：

查爾斯・古德費羅先生，拉特堡

寄件者：H・F・B公司

查特瑪爾A號——一號——六打瓶裝（半打）

查爾斯・古德費羅先生收。

先生您好——我們尊敬的客戶巴納巴斯・沙特沃西先生大約兩個月前傳給我們公司一張訂單，我們很榮幸在今天早上寄出一箱雙層裝羚羊牌帶紫色封條的瑪歌堡紅酒，箱子已經根據信件邊欄的資訊進行編號和標記。

我們仍然，

忠誠為您服務，

霍格斯、弗洛格斯、博格斯公司敬上

某市，六月二十一日，一八某某年。

備註——該貨品將在您收到此信的隔天以馬車送達，並向沙特沃西先生致上敬意。

霍格斯、弗洛格斯、博格斯公司敬上

事實上，自從沙特沃西先生過世後，他對於曾經承諾的瑪歌堡紅酒並不抱持太大期望；因此當這份禮物終於到來時，他視之為上天的特別恩賜，心中充滿了無比的喜悅。他滿懷熱情地邀請了眾多朋友參加第二天的小型晚宴，以慶祝這份來自沙特沃西先生的善心禮物，然而他在發出邀請時並未提及這是沙特沃西先生的贈禮，出於諸多考量，他最終決定什麼都不提。如果我沒記錯的話，他沒有向任何人提到他收到了瑪歌堡紅酒，只是邀請朋友來一起共飲他幾個月前從城裡訂購的紅酒，品質優良且風味豐富，並表示自己隔日即會收到。至於為何「老查理」決定不提這酒是來自他故友的禮物，這一直令我困惑，我從未真正理解他沉默的原因，但我相信他肯定有一些合理且非常高尚的理由。

終於到了隔天，古德費羅先生的家中迎來了許多高尚的賓客，實際上幾乎半個拉特堡的人都到了，我也在場。然而令主人頗感苦惱的是，那箱瑪歌堡紅酒直到晚宴結束後才送達，而且是賓客都已在「老查理」的豐盛晚宴大快朵頤之後，不過當那巨大的箱子終於送達時，所有人都滿懷喜悅地決定將箱子搬到桌上，並立即開箱取酒。

話音剛落我便伸手幫忙，轉眼間眾人已將箱子搬至桌子中央，周圍都是瓶瓶罐罐，在爭奪酒瓶的過程中，不少瓶子不幸打碎。這時已醉意朦朧的「老查理」滿臉通紅，裝出威嚴的模樣坐在桌前用酒瓶猛敲桌子，要求大家「在挖掘寶藏的儀式中保持秩序」。

一陣喧嘩過後，終於恢復了安靜，正如在類似情況下常常發生的那樣，隨之而來的是一片沉重且明顯的寂靜。接著有人要求我打開箱蓋，我當然「非常樂意地」照辦。我插入一把鑿子，輕輕敲了幾下錘子，箱子的頂部突然飛開，同時沙特沃西先生被人毆打、血淋淋又幾乎腐爛的屍體瞬間彈起坐在箱子裡，正對著古德費羅先生，用那即將腐爛、黯淡無光的雙眼盯著古德費羅先生，悲傷地凝視了幾秒鐘，然後緩慢但清晰有力地說出這些話——「汝即真凶！」隨後彷彿心滿意足地從箱子邊緣倒下，四肢在桌上抽搐地伸展開來。

接下來的場面無法用言語形容，人們驚恐地衝向門窗，許多體格健壯的男子因極度恐懼而當場昏厥。但在第一波驚恐的尖叫過後，所有目光都轉向了古德費羅先生。即使我活上千年，也永遠無法忘懷他臉上超乎尋常的痛苦，那張臉方才還因勝利和酒精而顯得紅潤。他坐在那裡，像大理石雕像般僵硬了好幾分鐘；他的眼神似乎在空洞的凝視中轉向內心，沉浸在自己身為凶手的靈魂深處。最終他的目光突然轉向外界，從椅子上躍起，重重地用頭和肩膀撞在桌子上，進而碰到了屍體。他迅速而激烈地坦白了自己所犯下的可怕罪行，這罪行正是潘尼斐瑟先生被監禁，並注定被處以死刑的根本原因。

在他的自白中，古德費羅先生透露了驚人的真相：他承認自己跟蹤受害者到了池塘附近；然後用手槍射殺了受害者的馬匹；接著他用槍托殘忍地打死了騎馬者，並搶走錢包；他原以為馬已經死亡，於是費盡力氣將馬拖到池塘旁的樹叢中隱藏，之後將沙特沃西先生的屍體搬上自己的馬，並將其運送到森林中的一個隱蔽處。

背心、刀子、錢包和子彈都是他故意放在被發現的地方，目的是陷害並報復潘尼斐瑟先生，人們會找到那塊沾滿血跡的手帕和襯衫，也是出於他的策劃。

當這段恐怖的敘述接近尾聲時，這位罪人的話語變得支離破碎，聲音空洞無力。當自白終於結束，他站了起來，從桌子後方搖搖晃晃地倒退，然後——突然倒地，生命也走到了終點。

雖然我是幸運獲得他的自白，但我並不認為解開這個謎團需要複雜的手段或策略。古德費羅先生過度坦率的行為讓我感到厭惡，從一開始就引發我的懷疑。我曾親眼目睹潘尼斐瑟先生打了他一個耳光，當時他臉上露出一抹邪惡的表情，雖然只是一瞬間，卻讓我確信他會盡其所能實現對潘尼斐瑟先生的報復，因此我決定從不同的角度來看待「老查理」的復仇策略，這與拉特堡善良市民的看法截然不同。我立刻看出所有指控的發現，無論是直接或間接，都是出於他的精心策劃，但讓我真正洞悉案件真相的是古德費羅先生在馬屍中「發現」的那顆子彈。拉特堡的居民可能已經忘記了，但我記得子彈進入馬身體會留下入口和出口的彈孔，如果子彈穿過了馬體，卻又在體內被發現，這顯然是發現屍體的人故意放進

去的。沾有血跡的襯衫和手帕進一步證實了這一點；經過檢查後發現，那些血跡其實只是上等紅酒而已。我反覆思考這些證據，並注意到古德費羅先生最近行為的慷慨和支出的增加，雖然我對自己的推理仍有所猶豫，但我沒有把這些想法告訴其他人。

與此同時，我獨自進行了一次徹底的搜索行動，目的是尋找沙特沃西先生的屍體。我有充分理由避開古德費羅先生帶領的搜索團隊，選擇一個完全不同的地點進行搜索。幾天後，我在一個幾乎被樹叢掩蓋的舊枯井中找到我一直在尋找的答案。

碰巧我曾偷聽到古德費羅先生與他的朋友之間的對話，知道他曾哄騙主人答應送他一箱瑪歌堡紅酒，我便決定乘勢而為，找來一根堅硬的鯨骨塞入屍體的喉嚨，並將屍體放進一個舊酒箱中——小心將屍體與鯨骨一起折疊在酒箱內。我用力將箱蓋壓下並用釘子固定，預期在拔出釘子後，箱蓋會彈開，屍體也會隨之彈起。

處理好箱子後，我如前所述為箱子進行標記和編號，並寫明地址；然後以沙特沃西先生配合酒商的名義寫了一封信，指示僕人在接到我的指定信號時，用手推車將箱子送到古德費羅先生家門口。我計畫讓屍體說的話，仰賴於我的口技；屍體能達到的效果，則依賴於那個殺人凶手的良心。

剩下的細節，已無需我再多言。潘尼斐瑟先生當場釋放，繼承了他舅舅的財產。經過這次事件的洗禮，他開啟了人生的新篇章，此後過著幸福的人生。

神探杜邦探案系列③：

經典的
無謀殺推理，
開創「物品失竊」
的謎面

1844 ——

失竊的信

警察局長既驚又喜地接過信件，顫抖著手拆開來看，他迅速掃視了內容，然後跟跟蹌蹌地走向門口，匆匆離開了房間和房子，自從杜邦要求他開支票以來，他一言未發。

對於智慧來說，沒有什麼比聰明過度更可恨的了。

——塞內卡[1]

十八世紀某個秋夜，巴黎的天空在風雨的交織下逐漸暮黑，我在這濛濛細雨中陷入了沉思，同時享受海泡石菸斗所賦予的雙重樂趣。我的友人奧古斯特·杜邦，與我同坐於他位於聖日耳曼郊區杜洛特街三十三號三層樓上的書房——這裡亦可稱之為藏書室。我們兩人不發一語至少有整整一個小時，在這寂然無聲中，若有人偶然看見這一幕，必定認為我們全神貫注於那捲曲蜿蜒的煙霧之中，那煙霧如同漩渦，在室內築起了一道壓抑的界線，然而我內心所思所想的卻是稍早我們聊到的話題；我指的是莫爾格街凶殺案與瑪麗·羅傑奇案，因此當公寓的門突然洞開，我們的舊識巴黎警察局長G先生走進來時，我不禁感慨這意外的巧合。

我們熱烈歡迎他；因為這個人身上既包含有趣的一面，也有讓人輕視的面向，且我們已經好幾年沒見過他了。我們一直身處黑暗之中，杜邦起身要去點燈，但當G說明他的來意，杜邦又坐了下來，放棄點燈。他是來請教我們的意見，確切說來是來詢問我朋友對於某個案件的看法，這個案子非常棘手，讓他非常困擾。

「若是需要深入思考的問題，」杜邦在沒有點燈的情況下說，「在黑暗中討論或許更有幫助。」

「又來一個古怪念頭，」局長說道，他習慣於將所有不理解的事物統稱為「古怪」，他似乎生活在一個滿是「古怪」的世界中。

「沒錯，」杜邦說著遞給訪客一根菸斗，同時將一把舒適的椅子推過去給他。

譯註1 古羅馬斯多葛主義哲學家、劇作家、政治家，成長於羅馬。曾任尼祿皇帝的導師及顧問，但被指控參與皮索尼安陰謀，於西元六五年被賜死。

「這下又遇到什麼難解的謎案了呢？」我問，「希望別再是什麼凶殺案了？」

「噢不，不是那類的，事實上這個案子非常簡單，我相信警方自己完全可以偵辦；但我想杜邦或許想聽聽細節，因為這實在是太古怪了。」

「簡單卻古怪，」杜邦說。

「嗯，是的；不過也不完全是那樣，事實上我們都非常困惑，因為這案件太簡單，卻又讓我們完全摸不清頭緒。」

「也許簡單正是讓你們困惑的原因，」我的朋友說。

「你真會胡說八道！」局長開懷大笑。

「或許是因為答案太顯而易見了，」杜邦說。

「噢，天哪！哪有人會這麼想？」

「或許因為真相有點過於不言自明。」

「哈！哈！哈——哈！哈！哈！——嘿！嘿！嘿！」我們的訪客開心地

大笑，「噢，杜邦，你這是要笑死我！」

「到底發生了什麼事？」我問。

「嗯，且聽我娓娓道來，」局長若有所思地深深吸了一口菸，他在椅子上找到一個舒服的姿勢說，「三言兩語就可以說完；但在我開始之前，容我提醒你，這個案件是最高機密，如果有人得知我向誰透露，很可能會害我丟了工作。」

「請繼續說，」我說。

「也可以不說，」杜邦說。

「那好吧；我從高層得知了以下私人資訊，皇宮有一份極為重要的文件遭竊。竊賊已知；我們知道是誰偷走了文件；因為有人看見，還知道這文件仍在那個人手中。」

「是如何知道的？」杜邦問。

「顯而易見，」局長回答，「因為文件的性質，還有如果這個文件已經被盜竊者按計畫使用，一定會產生特定的後果，但這個後果並沒有出現。」

「講具體一點，」我說。

「我可以大膽斷言，這文件可以賦予那個人在某個領域相當程度的權力，而在那個領域，這種權力極為珍貴。」局長喜歡模稜兩可的官腔說法。

「我還是不太理解，」杜邦說。

「不理解？好吧，這份文件如果洩漏給一位不願透露姓名的第三方，將會牽涉到一位顯赫人士的聲譽；讓那個人可以利用這個把柄來控制或影響這位顯赫人士。」

「但是這個把柄，」我插話，「取決於盜竊者發現失主知道是他盜竊了文件，是誰敢——」

「這賊，」G先生說，「就是部長D，他膽大包天，無論是體面的還是不體面的事，他偷盜的方法既巧妙又大膽，被盜的這份文件——坦白說是一封信——是被盜者獨自一人在皇室閨房時收到的，她在讀信時，突然有另一位她特別想要對其保密的高貴人物進入了房間，她急忙將信塞入抽屜中，但未能如願，只好將信放在桌上，信的地址面朝上，看不見內容，因此沒有引起注意。這時部長D進入了房間，在他敏銳的目光掃視下，立即發現了這份文件，也認出地址的筆跡，看出那位收信人的慌亂，同時洞悉了她的祕密。部長用他慣常的高效率處理完公事後，拿出一封與這封信件頗為相似的信，他打開信假裝閱讀，然後將信放在另一封信旁邊。接著他又花了大約十五分鐘討論公共事務，最後離開時從桌上拿走了那封不屬於他的信。信的主人目睹了這一幕，但在另一位高貴人士在場的情況下，她不敢指出這個行為。部長逃之夭夭；將他那封無關緊要的信留在桌上。」

「所以，」杜邦對我說，「這正好是你想要的──盜竊者知道失主知道是他偷的，他們兩人相互知情的狀態使盜竊者能夠持續保持對被盜者心理和情報上的優勢。」

「是的，」警察局長回答，「而且這種權力在過去幾個月裡被用於政治目的，已經到了非常危險的程度，被盜者每天都更加堅信一定要拿回她的信，但顯然這件事無法公開進行。總之被逼到絕路的她，將這件事託付給我。」

「我想，」杜邦在煙霧繚繞中說，「除了您之外，找不到更精明的對象了。」

「您過獎了，」警察局長答道；「但有人可能確實抱持這樣的看法。」

「很明顯，」我說，「正如你所知，信件仍在部長手中；挾持了這封信而不使用，他才有威脅對方的權力，一旦使用，權力便隨之消失。」

「對，」G說，「所以我基於這個信念開始行動，首要任務是徹底搜索部長的住所；最大的困難在於必須在他不知情的情況下進行搜索，最重要的是，委託者告誡過我，如果讓他懷疑到我們的詭計，將會帶來危險的後果。」

「但是，」我說，「你們巴黎警方在這方面很在行，巴黎警察以前經常幹這種事。」

「噢，是的；正因為這個原因，我並未絕望。部長的習慣也為我帶來很大的優勢，他經常夜不歸營，他的傭人很少，傭人就寢的地方距離主人的公寓很遠，而且他們大多是拿波里人，很容易灌醉。你們知道的，我有鑰匙，可以打開巴黎任一個房間或櫃子，過去三個月來大部分的夜晚，我都在D部長的旅館裡親自搜查，我已經賭上我的榮譽和職業聲譽，而且我還要告訴你們一個天大的祕密，此項任務的懸賞金額不菲，所以我沒有放棄搜索，至今我已確定那盜賊比我更加狡猾，因為我已經找過那封信可能隱藏的每一個角落。」

「但有沒有可能，」我提議說，「這封信確實在部長手中，但他可能已經將信藏在自己住所以外的其他地方？」

「這個可能性幾乎不存在，」杜邦說，「以目前宮廷中的特殊政治狀況，以及D部長所參與的一系列政治陰謀，這份文件能夠隨時拿到——即在任何需要的時刻能夠立刻取出來使用——幾乎與實際擁有這封信同等重要。」

「在任何需要的時刻能夠立即取出來使用？」我問。

「也就是說，想銷毀時能馬上拿到手，」杜邦說。

「有道理，」我說：「那麼文件顯然就他的住處，至於部長會不會帶在身上，我們認為完全不可能。」

「完全不可能，」警察局長說。「他已經遇上兩次突擊搜身，就像被土匪攔路一樣，在我親自監督下徹底搜查過他全身。」

「你本可以省掉這番麻煩，」杜邦說，「我推測D不算傻，如果他不是傻瓜，肯定早就預料到這些突擊搜身，這是理所當然的事。」

「他不算傻，」G說，「但他又是個詩人，我認為詩人和傻瓜只有一步之遙。」

「確實如此，」杜邦再從海泡石菸斗深深吸了一口菸後說，「雖然我自己也寫過幾首打油詩。」

「不妨詳細描述，」我說，「你搜索的細節。」

「事實上，我們並未急促行動，而是緩緩地、細心地檢查了每個角落，我在這方面擁有豐富的經驗。我們針對整個建築的每一個房間進行了逐一搜查，整整一個星期的每個夜晚，我們都花上數小時仔細檢視每間房子的家具，打開每一道可能隱藏信件的抽屜。正如你所知，對一位訓練有素的警探來說，所謂的祕密抽屜無法逃脫我們的法眼，如果我們找不到『祕密』抽屜，那我們就不配稱作警探，這對我們來說太過明顯了。每個櫥櫃中都有一定的體積和空間需要檢查，我們有精確的測量規則，連五十分之一線條的差距都不可能忽略。在檢查了櫥櫃之後，我們又檢查了椅子，用長針探查其坐墊。我記得你見過我使用這種工具。至於桌子，我們甚至拆掉了桌子的頂部。」

「為何要這麼做？」

「人們在想要隱藏東西時，會拆開桌子或其他家具的頂部，挖空其中的一部分，比如桌腿，然後將物品藏入其中，最後再把頂部裝回，床柱的底部和頂部也可以用同樣的方式藏匿物品。」

「但敲擊家具能探測到挖空的部分嗎？」我問。

「如果放入物品時周圍放置了足夠的棉花填充物，那麼光靠敲擊是探測不到的，此外，這個案件的搜查也必須悄無聲息地進行。」

「但你們不可能拆除——如果你剛剛提到的藏匿方式確實存在，也不可能拆開每一件家具吧，比如一封信捲成一根薄薄的紙卷後，形狀和體積將與一根大號針織針差不多，這樣就可以插入椅子的橫檔中。你們沒有拆開所有椅子吧？」

「當然沒有；但我們的手法更厲害——我們用一個非常強大的顯微鏡仔細檢查旅館中每把椅子的橫檔，事實上，我們檢查過所有家具的接合處，如果發現近期的破壞痕跡，一定能立即察覺。一粒鑽孔器鑽出的木屑，在我們眼中就像蘋果一樣明顯，任何不整齊的膠合處——任何接合處的異常裂縫——都會無所遁形。」

「我想你們一定檢查過鏡子背後、木板和板層之間的空隙，也搜過床和床上用品，還有窗簾和地毯吧。」

「那是當然；我們徹底完成家具每一處細節的搜索之後，還對整個房子進行詳細檢查。我們將房屋整個表面劃分成若干區塊並編號，以確保沒有任何區域遺漏；然後像之前一樣用顯微鏡仔細檢查住宅的每一平方英寸，包括兩旁緊鄰的兩棟房屋。」

「連兩旁緊鄰的兩棟房屋都檢查了！」我驚呼，「一定相當費神吧。」

「確實；但懸賞金額不菲！」

「房屋周圍的地面也包括在內？」

「所有的地面都鋪設了磚塊，這使搜查相對容易，我們檢查了磚塊間的苔蘚，確認沒有磚塊被翻動過。」

「你們當然也查過D的文件，以及藏書室裡的書吧？」

「當然；我們打開每個包裹，不僅打開了每本書，還翻過每一頁，不是像某些警察那樣搖一搖而已，我們還用極為精確的測量方法測量過每本書的封面厚度，並用顯微鏡對每本書進行最嚴格的檢查，任何近期被動過的裝訂都不可能逃過我們的法眼。有五、六本是剛從裝訂師那裡拿到的書籍，我們用長針沿著書籍縱向小心翼翼地探查過一遍。」

「搜過地毯下的地板嗎？」

「當然，我們撤掉每一塊地毯，並用顯微鏡檢查了地板。」

「牆上的壁紙呢？」

「也有。」

「你們檢查過地窖嗎？」

「有。」

「那麼，」我說，「你們誤判了情況，信件並沒有藏在你們搜查的場所內。」

「恐怕你說得對，」警察局長說，「杜邦，那現在你建議我怎麼做？」

「重新徹底搜查一遍。」

「完全沒必要，」G回答道，「我敢肯定信件不在旅館裡，就像肯定自己還有在呼吸。」

「我沒有更好的建議了，」杜邦說，「你可以提供那封信的精準描述嗎？」

「噢，當然！」警察局長說著拿出一本記事本，開始大聲讀出遺失文件的詳細內容，尤其是外觀特徵，他念完後不久就起身告辭，我從沒見過他心情如此沮喪。

大約一個月後，他再次前來拜訪，發現我們在家中的活動幾乎與上次無異，他拿起一根菸斗，拖來一把椅子，開始與我們閒話家常。最後我說：

「對了，G，那封失竊的信後來怎麼樣了？我想你終於認輸了，沒有在智謀上超越部長吧？」

「該死，我得說——是的；我按杜邦的建議重新搜查過一遍，但完全是白費工夫，正如我所料。」

「你說懸賞金額有多少？」杜邦問。

「噢，非常高——非常慷慨的賞金——我不想確切說出數目有多少；但有一件事我倒是可以說，如果有人能幫我找到那封信，我個人不介意開一張五萬法郎的支票作為報酬，事實上，這封信的重要性逐日增加；而且最近懸賞金額已經加倍，即使金額再增加一倍，我也已經黔驢技窮。」

「嗯，好，」杜邦抽著海泡石菸斗，慢悠悠地說，「我真的——認為你在這件事上沒有盡到最大努力，我想你或許——還能再努力一下，對吧？」

「怎麼做？——用什麼方法？」

「為什麼——呼呼——你可能——呼呼——可以考慮請教律師，對吧？——呼呼呼。你記得阿伯內西的故事嗎？」

「不記得，去他的阿伯內西！」

「當然！隨便你。但是，從前從前，有一個有錢的吝嗇鬼想免費從阿伯內西那裡得到醫療意見，為此他在私人聚會中藉由一般性談話將自己的病情巧妙透露給醫生，彷彿自己口中描述的是一個虛構人物。

「『我們假設，』那吝嗇鬼說，『他的症狀是這樣那樣；那麼，醫生，你會建議他服用什麼藥？』

「『服藥！』阿伯內西說，『服什麼藥，是要接受建議。』」

「但是，」警察局長有點不安地說，「我完全願意接受建議，並為此支付報酬，任何能幫助我的人，我都願意給他五萬法郎。」

「既然如此，」杜邦說著打開抽屜，拿出一本支票簿，「那你不妨給我開一張你剛剛提到金額的支票，你簽好支票後，我會把那封信交給你。」

我驚愕地凝視著，警察局長的表情也顯現出極度的震驚，他一時語塞，僵硬不動，目瞪口呆地望著杜邦，他的眼睛瞪得老大，彷彿要從眼眶中彈出；過了一會兒，他似乎稍微恢復了一些鎮定，機械性般地抓起筆，在幾次停頓和茫然的凝視後，終於填寫並簽署了一張五萬法郎的支票，並遞過桌子交給杜邦。杜邦細心檢查後，將支票收入錢包；隨後他打開一面書桌，從中取出一封信交給了警察局長。警察局長既驚又喜地接過信件，顫抖著手拆開來看，他迅速掃視了內容，然後踉踉蹌蹌地走向門口，匆匆離開了房間和房子，自從杜邦要求他開支票以來，他一言未發。

警察局長離開後，我的朋友開始解釋。

「巴黎警方，」他說，「在他們的工作方式上確實表現出色。他們堅持不懈、創意無限、奸詐狡猾且對他們的職責洞悉透徹。因此，當G向我們詳細描述他們在D旅館內的搜查方法時，我對他的調查充滿信心——至少在他們專業範圍內，他們的能力是毋庸置疑的。」

「至少在他們的專業範圍內？」我問。

「是的，」杜邦說。「他們採取的措施不僅是領域內的頂尖手法，而且執行得非常完美，如果信件真的藏在他們搜尋的範圍內，這些傢伙一定能找到。」

我只是笑了笑——但他說這些話時的態度似乎非常認真。

「所以，」他繼續說，「這些措施本身很好，執行得也很出色；但問題在於這並不適用於這個案件和這個人。警察局長使用了非常巧妙的手法，但對他而言，這種手法對他來說就像普洛克路斯忒斯的床[2]，他硬要讓案件適應他已經熟悉的調查方法，他經常因為對案件考慮得太深入或太膚淺而犯錯；很多學生在推理方面都比他做得更好，我認識一個大約八歲的孩子，他玩『猜奇偶』遊戲時贏得眾人的讚賞。這個遊戲很簡單，用彈珠來玩，遊戲中，一個玩家手裡握著一些彈珠，要求另一個玩家猜測數量是奇數還是偶數，如果猜中了，猜的人贏得一顆彈珠；如果猜錯了，就失去一顆，我剛剛提到的這個男孩贏得了全校的彈珠。當然他的猜測有一定原則；而這個原則的重點只有一個，那就是在玩遊戲時觀察並評估對手的智力水準，例如當他的對手是個十足的笨蛋，舉起緊握的手問他：『是奇數還是偶數？』這男孩回答『奇數』，但猜錯了；但在第二次猜測時他便猜對了，因為他對自己說：『這個笨蛋第一次拿的是偶數，他的腦袋如此簡單，一定會在第二次換拿奇數；所以我就猜奇數。』所以他猜奇數並猜對了。如果他面對的是比第一個笨蛋稍微聰明一點的對手，他會這樣推理：『這傢伙發現我第一次猜奇數，第二次他的直覺反應會想從偶數直接換成奇數，就像第一個笨蛋那樣；但接著他會想這變化太簡單了，所以最後會決定像剛剛那樣拿偶數，所以我就猜偶數。』他猜偶數並猜對了，他的同學戲稱他的推理是『幸運』──這種推理方式的根本原理是什麼？」

譯註2 普洛克路斯忒斯的床是希臘神話中的一個故事，普洛克路斯忒斯強迫每個人適應他的床的大小，不適應就強行改變人的大小。

「只不過是將推理者的智力與對手的智力進行換位思考罷了，」我說道。

「沒錯，」杜邦說，「我問這個學童要猜中對方心思，如何實現換位思考，他的回答如下，『如果我想要了解某個人的聰明、愚蠢、善良或邪惡程度，或者想要知道他此時此刻在想什麼，我會盡量精準模仿對方臉上的表情，然後等待我的頭腦或內心會產生什麼樣的思維或情感，好像我自己就是他一樣。』這名學童的回答其實揭示了某種智慧的假象，拉羅希福可[3]、拉布吉夫、馬基維利[4]、康帕內拉[5]的思想即是以此概念為基礎。」

「如果我理解正確的話，」我說，「要做到推理者智力與對手智力的換位思考，取決於是否能先精準評估對手的智力。」我說。

「實際應用的價值，確實取決於這一點，」杜邦回答。「局長和他的隊員之所以經常失敗，首先是因為他們缺乏這種換位思考，其次是因為他們沒辦法準確評估對手的智力，更確切地說，他們甚至沒有進行評估。他們只想到那些自以為聰明的方法；在尋找失物時，只想到自己會怎麼藏東西。這在一定程度上是對的——他們的智力的確可以代表大多數人；但是當犯罪分子的狡猾性格與他們不同時，他們必定會失敗。這種情況通常發生在犯罪分子的狡猾程度高於或低於他們的時候。他們在調查中缺乏靈活性；除非遇到特殊緊急的情況，或者有非比尋常的獎勵，否則他們只會擴大或誇大他們舊有的做法，而不改變他們的基本原則。就拿D的案件來說，他們做了什麼來改變調查原則？用鑽孔、探針、聲音設備，用顯微鏡仔細檢查，將建築物的表面分割成平方英吋進行編號——這一切其實只是運用他們認為與人類智力有關的一種或一組方法，再加以誇大運用，他們在長期的例行工作中養成了這種習慣。難道你沒注意到他已經把這個觀點視為理所當然，認為所有人想藏一封

譯註3 François de La Rochefoucauld，十七世紀法國的貴族、軍事指揮官和著名的道德哲學家。

譯註4 Niccolò Machiavelli，義大利文藝復興時期的政治家、歷史學家和軍事理論家，被稱為「近代政治學之父」。

譯註5 Tommaso Campanella，義大利文藝復興時期和巴洛克時期的哲學家、神祕主義者和文學家。

信時——就算不是在椅腿上鑽孔——但至少會選擇一些類似的方式，例如找個不起眼的洞或角落來藏，這跟在椅腿上鑽孔的思維方式有什麼二致？而你也看得出來尋找一個隱蔽且不尋常的地方來藏匿物品，通常只適用於普通情況，智力普通的人才會採用這種方式；因為在所有隱藏東西的可能性中，人們通常會率先考慮使用一些特別、不尋常的方法來隱藏物品——尋找者一開始就會預料到這種意圖；因此，此時找到隱藏的物品不全然仰賴於尋找者的敏銳度，而是完全取決於尋找者的仔細程度、耐性和決心，在重要的情況下——或者在政治層面上被視為同等重要的情況下（且懸賞金額又很高時），上述這些特質在過去的經驗中從未失敗過。現在你該明白我的意思了，如果被竊的信件藏在局長的搜查範圍內——即如果信件藏匿的原則在局長理解的原則範圍內——那麼他一定會找到這封信。然而，事實上局長已經徹底迷失了方向；他失敗的根本原因在於他認為部長是個傻瓜，因為他同時也是一位聲譽卓著的詩人，而局長認為所有的詩人都是傻瓜；他犯了中詞不周延[6]的邏輯謬誤，因而推斷出所有詩人都是傻瓜。」

「可這一位真的是詩人嗎？」我問道。「我知道他們家有兩兄弟，兩人都在文學上聲名昭著，我知道部長寫過微分學的學術著作，他是位數學家，不是詩人。」

「你錯了；我很了解他；他兩者皆是，身為詩人，又是數學家，他一定具備良好的推理能力；但他如果只是數學家，就根本不可能懂推理，他將完全受制於局長。」

「你的觀點令我驚訝，」我說，「與普世的觀點相違背，你不是想否定好幾個世紀以來形成的成熟觀念吧，數學長久以來一直都被視為最高形式的推理。」

譯註6 中詞不周延是一種錯誤推論，假設兩種不同的事物有相同特性，僅因為它們都與另一件事物有關聯。

「『我願以此為賭注，』杜邦引用尚福爾[7]的話回答，『所有被公眾接受的信念、一切普遍遵循的常規，都不過是空談，其無稽之處正是因為它們被廣泛認同。』我承認，那些數學家真是不遺餘力地推動這一普遍的錯誤理念，而你剛才提及的這種流行錯誤，即使被冠以真理之名傳揚，也改變不了其本質上的謬誤。他們巧妙地將『分析』一詞轉用於代數領域，雖然這一術語完全可以被應用於更加崇高的目的。這種特殊的誤導，正是始於法國人；但如果一個術語的重要性取決於其適用性或實際價值，那麼『分析』一詞被挪用於表示『代數』，就像用拉丁語中的『ambitus』來表達『ambition』（野心）、用『religio』來表達『religion』（宗教），或者用『homines honesti』來表達一群高尚的人一樣不恰當。」

「我知道你和巴黎一些代數學家看法不同，」我說，「但請繼續。」

「那些透過特定形式學習而來的推理，我對其有效性和價值持懷疑態度，除非它們建立在抽象邏輯之上，我尤其質疑透過數學學習得出的推理。數學，這個關於形式與數量的學科，它的推理不過是將邏輯應用於形式和數量的觀察而已。這裡有個一般性的重大誤解：人們普遍認為，即使在所謂的純代數中發現的真理也是抽象或普遍的真理，這是一個顯而易見的謬誤，我無法理解為何這樣的觀點會被廣泛接受。數學的公理並不代表普遍的真理，在數學裡作為定律的形式和數量關係，在道德或其他領域往往完全不適用，例如，在道德科學中，部分與整體相等的概念通常是不成立的，化學領域亦然。考慮動機時，兩個各有價值的動機合併起來的價值，並不一定等同於各自價值的總和。許多在數學上成立的真理，只在特定的關係範圍內有效，卻並非適用於所有情況。然而，數學家們經常習慣性地基於他們有限的真理出發，爭辯這些真理彷彿擁有絕對的全面適用性——正如世人普遍所認為的那樣。布萊恩特在他知識淵博的

譯註7 Sébastien-Roch Nicolas de Chamfort，法國作家和劇作家，他最知名的身分是警句作家和流行格言作者。

巨著《神話》中提及了一個相似的錯誤來源，他指出，『即使異教徒的寓言不被接受為真，我們卻經常忘記這一點，並且像對待真實事物一般從這些寓言中作出推斷。』代數學家們，恰似那些異教徒，相信自己『異教徒的寓言』，並據此做出推理。這樣的推理不是因為記憶錯誤，而是源於一種難以言表的思維混亂。總之，我從未遇到過一個只懂數學的數學家，除了等根外，沒有其他值得信賴之處，正如所有的數學家都會無條件相信 $x^2 + px$ 等於 q。你可以嘗試一個實驗，告訴這些數學家，你相信有時候 $x^2 + px$ 可能不等於 q，確認他們理解你的意思後，你最好迅速避開，因為他們會因為你挑戰了他們的數學定律而試圖攻擊你。

「我的意思是，」杜邦繼續說，而我只是對他最後一段話報以笑聲，「如果那位部長僅是一位數學家，那麼局長就無需給我這張支票了，但我了解他不僅是數學家，亦是詩人，因此我針對他的能力和他所處的環境採取了相對應的措施。我也知道他經常在宮廷中行走，既有膽識又有策略，我相信這樣的人一定對警方慣用的偵查模式瞭若指掌，他必定預料到警方的突擊搜身——事實證明，他的確預料到了，我想他必定預料到警方針對他住處的祕密搜索。部長經常晚上不在家的行為，雖然局長認為這有助於破案，但這其實是部長故意讓警方有充分機會徹底搜查他的住所，從而讓他們更快確定那封信並不在他的住所之中，而G最終也的確達到了這個目的。我相信，我剛才詳細解釋的那套關於警方行動的一貫原則——在尋找隱藏物品時所遵循的不變規則——肯定也在部長的腦海中閃過，這種思考過程會使他自然而然對所有常規的藏信地點不屑一顧。我想他不會那麼短視，不會不知道即使是他旅館中最複雜、最不起眼的角落，在警察局長的搜索方法面前——包括目光的觀察、探針、鑽孔器和顯微鏡——也會像最普通的櫥櫃一樣顯而易見。我相信他最終必然會選擇一種簡單的藏信方法，不是被迫這麼做，就是故意採用這種策略。你或許還記得，我在第一次見面時就暗示過，這個謎題之所以令局長頭痛，可能正是因為答案太過明顯，而局長對此只是以大笑回應。」

「是的，」我說，「我還記得他的大笑，我以為他會笑到痙攣。」

「物質世界中，」杜邦繼續說，「存在許多與非物質世界極為相似的嚴格對應關係，這為修辭學中的一個觀點帶來一定程度的真實性，即隱喻或比喻不僅可以用來美化描述，還可以用來加強論點。舉例來說，物理學中的慣性原則與形而上學中的原則似乎是異曲同工——在物理學中，一個質量較大的物體比質量小的物體更難啟動，而一旦啟動，其持續的動能與啟動時的困難程度成正比；在形而上學中，那些擁有更大智力容量的人，儘管其思考可能更有深度、更持久、更富有成效，但在最初的進步階段，往往不易被激發，也可能更加猶豫不決。另外，你有沒有注意到哪些商店的招牌最能吸引行人的目光？」

「我從未思考過這個問題，」我說。

「有一種謎題遊戲，」他繼續說，「是在地圖上進行的。遊戲的玩法是一方要求另一方在地圖上找到一個特定的字詞——可以是城鎮、河流、州或帝國的名稱，總之是地圖上的任何詞語。新手玩家經常選擇字母非常小的名稱，以使其對手難以尋找；然而經驗豐富的玩家則會選擇那些跨越地圖的、字體龐大的名稱。這些名字就如同街上那些字體巨大的招牌和廣告牌，因為太過顯眼而常被忽視；在這裡，物理上的忽視與心理上的認知偏差很類似，這種認知偏差讓人類的智力忽略那些過於張揚和明顯的事實，但這一點似乎超出了局長的理解範圍，他從未考慮過部長會將信件放在人人都能看見的地方，其目的恰好是為了最大限度阻止任何人發現它的可能性。

「然而，當我深入反思部長D——的膽識與狡黠，以及他那敏銳的洞察力；當我思考那份文件要發揮其作用必須隨時近在咫尺；加之局長所掌握的確鑿證據，那封信顯然並未被藏匿在警方慣常搜尋的範圍之內——我愈加堅信，部長運用了一項全面且明智的策略來隱藏這封信，那便是乾脆不藏。

「我懷著這些想法，刻意戴上一副綠色眼鏡，在一個美好的早晨佯裝偶然拜訪了部長的住處，我發現D部長在家，他打著哈欠，散漫地四處閒逛，看似無所事事，然而，他恐怕是那種只有在無人注意時，才會展現出真面目的人。

「為了反將他一軍，我假裝抱怨自己眼睛不好，感嘆了一下不得不戴上眼鏡的無奈，同時裝作專心地與主人交談，卻暗中詳細觀察了整個公寓的每一個角落。

「我特別注意了部長坐在寫字桌旁的情景，桌面上雜亂無章地散落著各種信件和文件，還有一兩件樂器和幾本書，但經過長時間的細心觀察後，並未發現任何明顯可疑之處。」

我的目光在室內遊走，最後定格在壁爐上方中央，一個掛著的卡片架吸引了我的注意，這卡片架用粗糙的紙板製成，顯得廉價且裝飾過度，用一條髒兮兮的藍色緞帶吊掛著。卡片架有三四層，擺放著數張名片和一封看起來極為骯髒且皺巴巴的信件，它被隨意撕成了兩半——看似最初有人因為覺得這封信沒有價值，打算將它完全撕毀，但後來又被人心血來潮收了回來。信封上有一塊突兀的黑色封蠟，上面非常顯眼地刻著D部長的家徽，鮮明到無法忽視。信件的地址是纖細小巧的女性手寫筆跡，寫給D部長本人，這封信被他隨意且似乎帶有一絲輕蔑地塞進卡片架最上面的一個隔層。

「我一瞥那封信，就確信那正是我所尋找的目標，儘管信件在外觀上與局長之前所描述的那封信大相徑庭，這封信上的封蠟更大更黑，帶有D部長的家徽；而之前的信封封蠟則小而是紅色，帶有S家族的公爵紋章。這封信的地址是以女性的纖細筆跡書寫，而另一封信則是以堅決的筆觸寫給一位皇室成員；兩者唯一的相似之處，在於它們的尺寸。

「但話說回來，這些差異過於極端；信件骯髒且破損的狀態與D部長一絲不苟的形象格格不入，足以讓人誤以為這份文件毫無價值——這些觀察，加上信件放置在極為顯眼的位置，使任何來訪者都容易注意到，這一切恰好印證了我先前的推斷；我本來就是帶著懷疑前來拜訪，而這些發現強烈證實了我的懷疑。

「我盡可能拖長拜訪的時間，我知道有一個話題能引起部長的強烈興趣和激動，於是我刻意引導談話走向該話題，實則全神貫注於那封懸掛的信件。在此過程中，我仔細觀察了信件的外觀和擺放方式，並將這些細節牢牢記在心中。最終我還發現了一個關鍵的細節，這消除了我所有的疑慮：我仔細觀察信件邊緣時，注意到邊緣的磨損程度超出正常使用的範圍，信紙呈現出某種特定的破損外觀，這是紙張在被折疊壓平後，沿原摺痕或邊緣反方向重新折疊的典型特徵。這一發現已然足夠，我意識到這封信被翻面了，就如同翻轉手套一般，然後重新書寫了地址並重新封印。我向部長道了早安並立刻離開，留下一個金色鼻煙盒在桌上。

「隔天早晨，我借著取回遺忘的鼻煙盒之由，再度拜訪了部長的住所。彼此間對昨日未竟的話題津津樂道，然而就在我們談天之際，一聲狀似槍響的巨響自街下窗邊傳來，緊接著傳來一片群眾的驚恐尖叫與混亂的喧嘩聲。D部長匆匆趨向窗邊，探身窗外，我則趁機迅速取走了那封放在卡片架上的信，將信塞入我的口袋中，並迅速以一封事先精心製作的假信（外觀近乎相同）取而代之——那是以麵包做成的印章，模仿了D的家徽。

「這場騷動是由一名手持火槍的瘋狂男子引起，他在一群婦女和兒童之間放槍，但後來證實這槍並未裝彈，眾人就將此人視作瘋子或酒鬼任其離去，他離開後，D從窗口回到座位，我在調包信件之後也跟隨D走向窗戶，看向引起騷動的街道。不久之後我向D告辭，離開了現場。這名製造騷動的人其實是我付錢僱用的。」

「但你為什麼要用仿造品調包那封信？」我問，「第一次拜訪時直接拿走不是更簡單？」

「D是個絕處逢生且膽大包天的人，他的住所中也有不少忠心耿耿的僕人，若是我按你所言冒險取信，恐怕我無法安然離開部長眼前，屆時巴黎的人們可能再也聽不到我的消息。然而除了這些考量，我還有其他的盤算。你知道我的政治立場，我對這件事抱有政治偏見，並且站在受害女士那一邊。過去的十八個月裡，部長一直牢牢掌控著她的命運，但現在形勢逆轉，是她掌控了他的命運——由於部長不知道信件已經不在他手中，他將繼續其敲詐行徑，如信尚在手般，必將自取滅亡，部長不僅將面臨突如其來的失勢，還將名譽掃地。正如俗語所云，『下地獄易，攀登難』；但無論攀登的是和何種高峰，都正如卡達拉尼[8]談歌唱一樣：升高容易，降低難。在當下的處境中，我對於墜入困境的D部長絲毫不存同情——至少沒有一絲憐憫。他是那種極端可怖的存在，一個沒原則的天才。不過，我倒是很好奇，當D部長被那位女士（警察局長稱之為『某位人物』）挑戰，並被迫打開我在卡片架中留下的那封信時，他的心情與反應會是如何。」

「你在信裡寫了什麼特別的內容嗎？」

「留下一張空白的信紙似乎太過無禮——這可視作一種侮辱。D曾在維也納對我不利，我曾幽默地告訴他這事我會記在心上。既然我知道他會對是誰擊敗他充滿好奇，不給他留下一點線索似乎太過可惜，他對我的筆跡瞭若指掌，我只是在空白紙張的中央寫下幾行字——

『如此凶殘的計謀，若非阿特柔斯所為，定是堤厄斯忒斯之舉。[9]

這段話出自克雷必倫[10]的《阿特柔斯》。』」

譯註8 Angelica Catalani，知名的義大利歌劇女高音，活躍於十九世紀初期，她以非凡的音域、技巧和表演力量著稱，被認為是當時歐洲最著名的歌唱家之一。

譯註9 阿特柔斯以極端殘忍的方式報復其弟弟堤厄斯忒斯，這個故事是古希臘悲劇中最令人震驚的情節之一。

譯註10 Prosper Jolyot de Crébillon，法國劇作家，活躍於十八世紀，以其悲劇作品聞名，他探討深刻的道德和情感主題，並常常描繪人性中的激烈和黑暗面。

死亡預告

這次要輪到我了嗎？
野村胡堂的名警探推理短篇集

作　者	野村胡堂	譯　者	張嘉芬
定　價	360 元	ISBN	978-626-7096-10-9

藏在面具下的犯罪心理，往往來自意想不到的深刻羈絆。
愛恨情仇 × 人物關係 × 懸疑殺機……凶手就在身邊？

消失的女靈媒

操弄人心的心理遊戲，
大倉燁子的 S 夫人系列偵探推理短篇集

作　者	大倉燁子	譯　者	蘇暐婷
定　價	360 元	ISBN	978-626-7096-14-7

女性推理作家獨有的直覺、深度的人性描寫，開啟偵探小說新風貌！
怪奇心理 × 國際元素 × 機密魅惑……暗藏驚人的祕密？

鈴木主水

武士的非法正義，
久生十蘭的推理懸疑短篇集

作　者	久生十蘭	譯　者	劉愛夌
定　價	365 元	ISBN	978-626-7096-18-5

巧妙運用多種元素，堪稱最難以框架的推理。
虛實交錯 × 主題深刻 × 震撼人心……心底的怪物從何而生？

鬼佛洞事件

究竟是天譴還是謀殺？
海野十三偵探推理短篇小說集

作　者	海野十三	譯　者	侯詠馨
定　價	380 元	ISBN	978-626-7096-22-2

以科幻的趣味創作推理小說，用推理的謎團傳播科學的概念。
變格推理 × 心理認知 × 肉眼殘影……撲朔迷離的怪奇案件。

RECOMMENDED BOOKS

好書推薦

深夜的電話

藏在細節裡的暗號，
小酒井不木的科學主義推理短篇集

作 者｜小酒井不木　譯 者｜侯詠馨
定 價｜380 元　ISBN｜978-986-5510-61-9

至關重要的破案線索，就藏在你看不見的細節裡。
鑑識科學×醫學知識×顱骨復原術……這一次，
你能抓得出兇手嗎？

後光殺人事件

接近 99% 完美的犯罪，
小栗虫太郎的密室殺人系列推理短篇集

作 者｜小栗虫太郎　譯 者｜侯詠馨、蘇暐婷
定 價｜340 元　ISBN｜978-986-5510-76-3

難以理解的華麗謎團，見證了人類想像世界的極限。
神話×宗教學×精神分析……誰能解開謎底，找
到關鍵出口？

瘋狂機關車

有如日本的福爾摩斯探案，
大阪圭吉的本格推理偵探短篇集

作 者｜大阪圭吉　譯 者｜楊明綺
定 價｜350 元　ISBN｜978-986-5510-91-6

以嚴謹的解謎邏輯，鋪陳出魔術般的「不可
能犯罪」。
取材獨特×活用專業×氛圍營造……堪稱日
本短篇推理小說的上選之作。

人造人事件

隱藏在廣播中的死亡密碼，
海野十三科幻偵探短篇小說集

作 者｜海野十三　譯 者｜侯詠馨
定 價｜360 元　ISBN｜978-626-7096-04-8

幻想性十足的主題，犯罪手法超越讀者的想像邊界。
精密機械×信號操縱×化學實驗……令人目瞪口
呆的驚悚謀殺。

愛倫・坡
短篇推理小說集
每一篇都是整個偵探文學的根源！

書　　名	愛倫・坡短篇推理小說集
作　　者	艾德格・愛倫・坡
譯　　者	李雅玲
策　　劃	好室書品
選文顧問	林斯諺
特約編輯	霍爾
封面設計	謝宛廷
內頁排版	洪志杰

發 行 人	程顯灝
總 編 輯	盧美娜
美術編輯	博威廣告
製作設計	國義傳播
發 行 部	侯莉莉
印　　務	許丁財
法律顧問	樸泰國際法律事務所許家華律師

藝文空間	三友藝文複合空間
地　　址	106 台北市安和路 2 段 213 號 9 樓
電　　話	(02)2377-1163

出 版 者	四塊玉文創有限公司
地　　址	106 台北市安和路 2 段 213 號 9 樓
電　　話	(02) 2377-1163、(02)2377-4155
傳　　真	(02) 2377-1213、(02)2377-4355
E-mail	service@sanyau.com.tw
郵政劃撥	05844889 三友圖書有限公司

總 經 銷	大和書報圖書股份有限公司
地　　址	新北市新莊區五工五路 2 號
電　　話	(02) 8990-2588
傳　　真	(02) 2299-7900
初　　版	2024 年 4 月
定　　價	新台幣 445 元
ISBN	978-626-7096-79-6（平裝）

國家圖書館出版品預行編目 (CIP) 資料

愛倫・坡短篇推理小說集——每一篇都是整個偵探文學的根源！/ 艾德格・愛倫・坡 著；李雅玲 譯 .-- 初版 . -- 台北市：四塊玉文創有限公司，2024.04　288 面；14.8X21 公分 . -- (HINT：15)
ISBN　978-626-7096-79-6（平裝）

874.57　　113002765

三友官網

三友 Line@

HINT

HINT